三味線ざんまい

群 ようこ

角川文庫 15334

三味線ざんまい　*　もくじ

三味線ざんまい

口伝

浅草で小唄《こうた》と三味線の稽古《けいこ》をはじめて、丸一年が過ぎた。

「どうして習おうとしたのですか」

と必ずといっていいほど聞かれるのだが、詳細は『生きる読書』（角川ｏｎｅテーマ21）に書いたので、ここでは省く。私の頭の中ではピアノのレッスンのように、

「お願いします」

と先生のところにいったその日から、触らせてもらえるもんだと思っていたのだが、そんな甘い物ではなかった。正直いって私は小唄は三味線ほどには興味がなかった。最初のときに先生から、

「唄を覚えないとお三味線は弾けませんよ」

といわれたのだが、

（三味線を習いたいのに、なんで唄を）

と首をかしげた。稽古は一週間に一度、三十分間。三味線も習う場合は、唄と十五分ずつである。それを聞いたときは、

「そんなに短いのか」

と思い、ちょっと物足りないような気がしていた。

もともと私は声が低く、

「赤ん坊のときも、かわいい赤ちゃんの声ではなく、まるでおやじが泣いているような声だった」

と母はよくいっていた。おまけに両親から「夜泣きの大将」とあだ名をつけられるほど、夜泣きがひどかった。学校に入ってからも、楽器は問題はないのだが、歌となるとあまりに楽譜のキーが高くて歌えない。混声四部合唱のときはアルトでも高く、先生から、

「お前はテノールのパート歌え」

とまでいわれた。それを聞いたオペラ好きでソプラノの母親は、

「やっぱり夜泣きがまずかったんだねえ」

とため息をついた。高校生のときは芸術科目は音楽専攻だったが、これも先生から、

「そんな体でどうして声が出ないんだ」

と不思議がられ、当時体重が六十キロあった私は、

「ごもっともです」

といいながら、太った体を縮めていたのである。

こんな具合であるから、唄を習うのは気が重かった。しかし唄を覚えないと三味線が弾けないし、唄を覚えないと三味線を教えていただけない。とにかく小唄を覚えなくてはいけないのだ。小唄をはじめて何十年という、うちの母親よりも年上の兄弟子、姉弟子の方々は、

「お三味線もやるの。そりゃあ大変だ」

とおっしゃる。

「そんなに大変なんですか」

「大変ですよ。それに唄っている人を引き立てなくちゃいけないからねえ。自分ばっかりいい気持ちで弾いてちゃいけないの。唄っている人を気持ちよく唄わせるっていうのが、小唄の三味線なんだよね」

小唄の場合、唄う人と糸方といわれる三味線を弾く人に分かれている。芸者さんがお座敷で唄いながら弾く場合はあるけれど、発表会などの舞台で唄い弾きすることはまずない。もともと糸方は唄う人を引き立てる立場なのである。先生からも、

「いっておきますけど、お三味線は大変ですよ。みなさん最初は、やりますやりますっておっしゃるけど、すぐにやめてしまうのね。続けられますか、がんばれますか」

と何度も念を押された。すでに私も四十代も半ばなので、若いころの気まぐれとは違い、

それなりの決意でやってきた。今覚えないと、後がないのである。

固い決意を先生にお話しして、まずは『春日《かすが》小唄集』という唄本を購入した。私の先生は春日とよせい吉《よし》というお名前なのだが、春日会に所属している。小唄の会は何百とあるらしいのであるが、私はどれがどれだか何もわからず、たまたま紹介していただいた先生が春日会だったので、こちらにお世話になることになった。和物は何でもそうなのだろうが、ピアノのレッスンのように個人に習うというよりも、その後ろには団体がある。ただ春日会は家元制度ではなく、財団法人なので会長は選挙で選ばれる明快なシステムであるようだ。

唄本は紺色の布張りで家元によるシンプルな鹿の柄がかわいい。中を開いてみると、ただ唄の文句と、一部の唄に関して作詞者、作曲者が書いてあるだけ。旋律などは一切書いてない。おまけに活字ではなく筆の書き文字になっている。五線譜を見慣れている私は、

「これでどうやって曲を覚えるのだろうか」

とじっと本を見つめていた。

「それでは『水の出花』をやりましょう」

この唄は春日会ではいちばん最初に習う唄であるらしい。先生と一対一で正座して向かい合い、お稽古がはじまった。

「水の出花と二人が仲は　せかれあわれぬ身の因果。たとえどなたの意見でも思い思い切

る気は更にない」

これが唄の文句である。最初は先生が三味線を弾きながら唄い、

「どうぞ」

といわれて二回目からは一緒に唄う。ところが譜面がないので勝手がわからず、ただ、

「あうー、あうあう」

とあせりながら先生の声に半拍ずつ遅れて、必死に音をとるのが精一杯だ。おまけに想像もしないような音に移ったり、半音が多かったりして、音程をとるのも楽ではない。

(ここで、そんな音に飛ぶのか?)

とフェイントをかけられる。小唄は短いものがほとんどなのだが、とにかく曲が頭の中に入らないので、歌詞もちゃんと覚えられない。五、六回繰り返しただろうか。こんなに短い唄なのに、ぜーんぜん覚えられない。学校の授業でもピアノのレッスンでも、いかに譜面を頼りにしてきたかがわかった。これからは耳だけを頼りに覚えていかなくてはならないのである。

(こりゃ、大変なことになった)

座布団の上に座りながら、私はこれまでの感覚が見事に覆されていた。まずあまりに洋楽に耳慣れているために、小唄という邦楽の旋律を聴いて、あたふたした。洋楽だと、コード進行の関係で、

「次はこのあたりの音かな」

と予想がつくのだが、小唄の場合は、とんでもない高い音や低い音に移ったりするので、四十数年使ってきた私の頭が、

「そんなはずはない」

とあせっているのがよーくわかる。お稽古が終わったとたん、頭がじんじんしてきて、刺激を受けすぎているのが自分でもわかるのである。一緒に習いはじめた友人と、置屋を経営している先生のお宅を出るなり、

「はーっ」

と同時にため息をついた。彼女もこんなに大変だとは思わなかったらしい。唄だけなので、二十分ほどの稽古時間なのだが、すでにへっとへとである。とにかく仕事で多少頭を使うことはあるが、日常生活ではそれほど使わない、そして今まで全く使われていなかったと思われる脳の部分を発掘されて、体もびっくりしている様子だ。

「甘い物、甘い物が……」

私たちはよろけるように、近所にある有名な「梅むら」という甘味屋さんになだれこみ、

「豆かん」を注文し、ひと口食べて再び、

「はーっ」

とため息をついた。

「何をどう唄《うた》っていいのかわからないわ」

友人は暗い顔をした。私などさっき習ったばかりなのに、唄をもう忘れている。途中はところどころ覚えているのだが、頭の中は確実に混乱していた。

「あんなに短い唄なのに。どうして覚えられないのかしら」

出るのはため息ばかりである。これから三味線も習おうというのに、しょっぱなからこれでは先が思いやられる。私は友人と、

「何とか、がんばろうねっ」

とお互いに慰め合った。

家に帰ってメモ用紙に歌詞を何度も何度も書いて覚えた。次は曲なのだが、断片的には思い浮かぶけれども、それが一本の線にはつながらない。

「だめだ……」

頭を抱えた。昔の人は口伝《くでん》で覚えたものを、軟弱な現代の私は文明の利器を使わないと覚えられない。譜面がないのは仕方がないのだが、家で復習する手だてが欲しい。記憶を必死にたどりながら、毎日、風呂《ふろ》で半身浴をしながら鼻唄で唄っていた。

翌週、お稽古《けいこ》に行くと、私が鼻唄で唄っていたのは、全然、違う旋律だった。先生と一緒に唄うたびに、あらためて何小節かずつ覚えるはめになった。私は意を決して、

「あのう、テープをとらせていただいてもいいでしょうか」

とお願いした。先生は快く承諾してくれた。

「一週間に一度ですからね。それも必要ね。私が若いころは唄でもお三味線でも、週に三回お稽古があったんですよ。でも二回か三回やって終わりでしたけどねえ」

週に三回でも私は覚えられないと思った。テープ録音が許されてほっとしたが、それだけでは安心できない。やっと曲が覚えられたかなと思うと、今度は勝手に一部分を作詞していたりして、まだ私の脳は混乱している。

「このままではだめだ」

私は近所の文房具店に行って、小学生用の音楽のノートを買ってきた。そしてテープの音を聴きながら、五線譜に起こし歌詞もその下に書いて覚えることにした。どうしても目からの情報に頼ろうとする自分が情けない。

「ああ、本当に私って口伝が苦手な女」

試練はまだまだ続くのであった。

マイ三味線

それから毎週火曜日は、浅草詣《もう》でをすることになった。仲見世《なかみせ》を抜け浅草寺《せんそうじ》の境内に入ると、たくさんのハトがいる。なるべくハト度の少ないところを歩き、のらネコに愛想をふりまきながら、十分ほど歩くと先生のお宅である。玄関の引き戸を開ける寸前、

「今日はうまくできるかしら」

という不安と、習い事をはじめた楽しさの気持ちがごっちゃになって、複雑な気持ちになるのだ。

お稽古が終わった直後は、頭の中がパニックになっているので、豆かんを食べて気持ちを落ち着かせ、呆然《ぼうぜん》と電車に乗る。お稽古を録音したテープはあるが、頭の中がいっぱいで車内で聴き直す気にはならない。

「こんなコード進行なんて今まで聞いたことがない。わからない言葉も出てくる。おまけに旋律が微妙に変化して簡単に覚えられない。ああーっ」

家に帰ってもいったい何をどうやればいいのか見当がつかず、放心状態でただぼーっとするだけ。だからさらうのはいつも翌日になってからだ。お稽古日当日は、ただただ、

「だめだ、こりゃ」

状態になっているので、脳味噌《のうみそ》に隙間がない。翌日になると多少気持ちも落ち着いているので、習っている自分を客観的に見られる。

仕事の合間に気を取り直して、テープを聴きながら、ノートに起こした楽譜を見て、一緒に唄ってみる。短いから簡単だろうとたかをくくっていたのだが、カラオケではやっている歌を歌うほうがずっと簡単だ。

「唄を覚えないと、三味線を教えてもらえない」

私は必死だった。学生のときは音楽と国語と保健体育だけは成績がよかったので、楽だと思っていたのに、とにかく歌詞が覚えられない。私は何かを覚えなくてはならないときは、何度も何度も手で書いて覚える。小唄も何度も書いて覚えようとするのだが、旋律か文句かどちらかをちゃんと覚えていれば、それを頼りに片方が覚えられるのに、どちらも完全に覚えていないのですぐに煮詰まり、

「あれ、何だっけ」

と首をかしげるはめになる。若いころはもうちょっと物覚えもよかったはずなのに、さすがに四十代も半ばすぎると、記憶の機能も衰える。しかし一度習うと決めた以上、どん

なに脳味噌がうまく働いてくれなくても、覚えなくてはならないのである。

そのうえもうひとつ問題が出てきた。半身浴をやりながら、ノートを手に旋律と歌詞を覚え、何とか旋律と歌詞が一致しても、今度は三味線の伴奏に合わせる必要がある。楽譜に起こしているのは、唄の部分だけなので、三味線の旋律は書いていない。とてもじゃないけどそんなところまでできないのである。伴奏と、唄の旋律は一致しないから、それぞれを覚えなくてはならない。テープで聴いていると、全部を覚えられたような気になり、お稽古日前日も、

「これで完璧《かんぺき》だ」

と思うのに、先生の前に出ると、変なところで唄いはじめてしまい、

「この伴奏が終わってからね」

と注意を受ける。今の歌と違って最初から唄がずっと続くのではなく、途中で長い三味線の伴奏があり、それが終わるとまた唄がはじまったりと、複雑なのだ。あれほどちゃんと覚えたはずなのに、いざ、生の三味線と合わせると、うまくいかない。

「もっと細かく覚えることを書き込まなくちゃいけないのかもしれない」

と、五線譜の下に、「長い伴奏とちゃんちゃんちゃんが終わってから唄う」などと書き込む。何が何だかわからないので、そうとしか書けないのだ。

お稽古のときは先生が唄い出す部分の直前で、

「ヨッ」

と声をかけて下さるのでわかるのだが、三味線の伴奏を聴いただけでは、わかっていたはずなのに実は全然わかっていなかった。

（あれ、どこで出るんだっけ）

とものすごくあせる。そしてだいたい失敗する。

「はじめてなんだから、最初っからうまくできるわけないわよ。できないから習いにきてるんでしょう」

と先生は慰めてくれるけれども、自分としては、ただ、

「情けない！」

のひとことだ。それでもいちいち、「すっちゃかちゃんのあと」とか「ながーく伸ばしたあとの、音ふたつを待ってから」などと細かく書き込んだおかげで、伴奏のとんちんかんなところで唄いはじめる回数は、少しだが減るようになってきた。

最初は一緒にはじめた友人二人も「水の出花」だったが、二曲目からは、みなそれぞれ違う曲になった。私たちはパニックである。同じ曲を習っているから、情報交換もできるし、わからない部分はお互いに聞ける。しかしみんな違う曲となったら、頼りにできるのは、自分しかいないではないか。

「大丈夫かしらねえ……」

みな同じ気持ちだったと思う。これからは自分がちゃんとしないと、ますます覚えるのは困難だ。友人に、

「ここ、どういうふうになるんだっけ」

と聞くこともできない。先生は熱心に教えて下さるのに、あまりに自分ができないので、

「この先、いったいどうなるのだろうか。覚えられるのだろうか」

と不安はつのるばかりであった。

唄《うた》を習いはじめてひと月後、先生から、

「そろそろお三味線をはじめても大丈夫でしょう」

とお許しが出た。内心、

（やったーっ）

とうれしくなったものの、唄を覚えるだけでこんなに大変なのに、これに三味線が加わったらいったいどうなるのだろうかと不安になった。でもやはりうれしさのほうが大きい。お稽古《けいこ》のときは、先生のお宅にある稽古用の三味線をお借りする。それだと家で練習できないので、

「お稽古用の三味線が欲しいのですが」

と先生にいってみた。

「そうね、そのほうがいいかもしれないわね。本気で覚えるようにもなるし。無駄にはで

きないしね」

稽古用の三味線には胴が合成皮革の物もあるけれども、音が全く違うらしい。犬やネコの皮を使うというのは、私には心が痛む部分もあるが、それだからこそ三味線になってくれた彼らのために、がんばらなければという気持ちもある。うちのネコに三味線の曲を聞かせてみたところ、うっとりと寝てしまったので、いちおうネコにも承諾を得たと思っていたので、先生にお願いして三味線屋さんに注文してもらった。値段的には稽古用の犬皮張りで九万円ほどだった。店に行って、

「これ下さい」

といって買えるものではないので、できあがるのを待たなくてはならない。それもまた楽しみだった。

三味線屋さんはすぐに調達して持ってきてくれた。

「いいのが来ましたよ。こういうものは正直いって、あたりはずれがあるんですけどねえ」

先生が三人それぞれの雰囲気に合うように、三味線の袋、胴かけの柄などを選んでおいて下さった。私の袋の色はきれいなたまご色でうれしかった。念願の三味線を目にした私は、

「とうとうマイ三味線が持てた」

と弾けないことも忘れて感動した。姉妹で十数年以上前からお稽古にいらしているSさんとKさんが、

「ちょっと見せて。あら、いいのが来てよかったわねえ」

といって下さる。

「はい、ありがとうございます」

そっと手にとってみたが、三味線がシンプルな楽器だとあらためて感じた。

「三味線を触る前と後は、この布で棹《さお》を必ず拭《ふ》いて下さいね。手の脂がつくといけないので」

ピンク色の布がついている。つや布巾《ぶきん》という。

「最初はこの譜尺《ふじやく》もつけましょう」

細長いシールがついていた。三味線の棹にはギターのようにフレットがない。すべて弾き手の感覚でポジションを押さえるのだが、初心者は何が何やらわからないので、譜尺を頼りにポジションを押さえる。棹の側面に貼るようになっていて、丸の中に1から18までの数字が書いてある。9と10の間には♭の印もついている。等間隔ではなく、ポジションの間が長かったり短かったりする。

三年間で師範の免許を取った、ハンサムな二十二歳のSくんが譜尺を貼ってくれた。彼は旅館の息子さんで、幼い頃から三浦布美子の小唄が流れているような環境で育った。外

見はお洒落《しゃれ》な今風の若者なのだが、日本舞踊もずっと習っていて、中身は和風なのである。小唄の師範の免状も持ち、お弟子さんがいる立場でもある。

「はい、どうぞ」

彼が譜尺を貼った三味線を手渡してくれたが、いったいどうやって持っていいかもわからない。私は経験がないからわからないが、はじめての赤ん坊を抱くのと同じような気分なのではないか。

「遊びでもいいの。適当に弾いてみて。毎日、三味線に触ることが大切ですよ」

先生の言葉を耳にしながら、私はマイ三味線を手に、これから試練が待っているとも気がつかず、一人でにんまりしていたのだった。

調弦

三味線は私の買った小唄用の稽古三味線の場合、長さは約一メートル、重さは一・六キロだった。棹の種類は細棹、中棹、太棹と三種類あり、長唄は細棹、津軽三味線は太棹、小唄は中棹を使うという。三味線は棹の二か所が分かれるようになっていて、三つの部分に分解できる。小唄はほとんどの場合爪弾《つまび》きで、撥《ばち》を使わないので買わなかった。マイ三味線を手にしてにんまりしていると、先生に、

「どうします？　分解して持って帰りますか。長いままだと大変でしょう」

と聞かれた。

「いいえ、このまま持って帰ります」

一度分解したら、自分では二度と元の形に戻せないような気がした。そうなったら練習ができない。その夜は編集者と会食があったので、三味線を手にしたまま歩いていると、

「あ、三味線だ」「三味線、持ってる」

と男女関係なく何人もの人にいわれた。彼らはものめずらしげにこちらを見ている。いずれも二十代、三十代の人である。三味線の胴の部分だけを覆う袋にいれていたので、棹と日本髪の頭のてっぺんみたいな天神《てんじん》という部分が丸出しになっていたから、ひと目でわかったのだろうが、彼らもはじめて肉眼で三味線を見たのかもしれない。もちろん私もついこの間までそうだった。心の中で、

（そうなの、三味線なの。でもまだ全然、弾けないの）

とつぶやきながら、待ち合わせの場所に向かった。

三味線を見た若い編集者は、

「前から三味線を習いたいと思っていたんですけど、実物を見るとやりたくなります」

といった。彼女だけではなく、私が三味線を習いはじめたのを知ると、実は自分も習いたいと思っているという人が思いのほか多いのに驚いた。弦楽器を習った経験がある人もいるが、そうではない人もいる。若い人は邦楽器に関心を持っていないのではないかと思っていたが、実はそうでもなさそうだ。私は数えるほどしか歌舞伎を見ていないが、音曲《おんぎょく》がはじまったとたんに、

「がーっ」

と寝る人がいる。妻のお付き合いで歌舞伎を見にきたとおぼしき男性が多いのだが、音曲は興味を持たれていないような気がした。もちろん私は寝ないけれども、唄が入ってい

ても何をいってるんだかよくわからないし知識もないので、ただ聞いているだけだった。しかし私の周囲では三味線に対する関心の高さは想像を超えていた。ここで手軽に習えるところがあったら、

「それっ」

と勢いでみな習いに行きそうな気配だったが、残念ながらヤマハの音楽教室のように、そこここに邦楽教室があるわけではない。いちおう芸事であるから、そのへんのところが敷居を高く感じさせている。関心がある人たちも、決まった時間に習いに行くというのも難しく、そのあたりも働き盛りの人にはネックになっているのかもしれない。

そんななかで私は幸いにも、先生に出会うことができ、お稽古《けいこ》用だが三味線まで手にした。

「ここでふんばらなければどうする」

と自分に活をいれた。三味線関係の本を買って、翌週のお稽古日にむけて予習である。調弦は本調子の場合、一の糸を調子笛のB、つまりシに合わせると、二の糸がEで、三の糸が一の糸の一オクターブ上のBになる。一の糸をCのドに合わせたら、あとはF、Cとなる。同じ弦楽器でもギターのようにきちんと調弦されるわけではなく、絶対音がない。だから練習のときは、一の糸から三の糸まで、相対的にシミシの調弦になっていればよい。ギターのように音叉《おんさ》でチューニングしなくていい分、楽そうに感じるが、目安になるのは

調子笛だけなので自分の耳が頼りだ。ところがやってみたらこの調弦が、めちゃくちゃ難しいのであった。

自慢ではないが、学生時代、声は低いし音域が狭いので歌は下手だったが、音楽だけは5より下の成績をとったことがない。弦は三本しかないし調弦なんてさっさとできると思ったが、これが大間違い。いつまでたってもシミシになってくれない。これでよしと思っても、しばらく遊びで弾いていて、

「ちょっと変だな」

と思うと、調子が狂っている。そこで音がずれている弦を直したつもりなのだが、弾いてみるとちょっと違う。それではまた別の弦の音を直そうといじっているうちに、どんどんドツボにはまり、何が何やらわからなくなってくる。弾いている時間よりも、調弦をしている時間のほうがずっと長く、

「しょっぱなの調弦からこんな調子で、この先、いったいどうなるのだろうか」

とぐったり疲れてしまったのである。

次のお稽古のとき、先生から、

「お三味線、いかがでしたか」

と聞かれた。手作りのため、なかには音色がよくない場合もあるからだ。

「あのう、三味線には全く問題はないんですけど、私のほうに問題が……」

なかなか調子が合わせられないというと、

「調子を合わせるのは大変なんですよ。昔から『調子三年』っていいますからねえ」

三味線の弦を弾くと微妙な音の揺れがある。そこのどこを耳でとらえるかで、調弦がスムーズにいくか、どんどんいじりまくってドツボにはまるか、どちらかなのだろう。

「最初からうまくいきませんよ。そのうちできるようになりますから、大丈夫」

先生はそうおっしゃって下さったが、弾く前の段階でこんな有様では先が思いやられる。蓋《ふた》を開けて前に座り、調律がちゃんとしてあれば弾けばそれなりの音が出るピアノが懐かしい。

「最初は本調子でお稽古をするようになると思いますけど、ほかにも二上がり、三下がり、珍しいけど六下がり、一下がりの調子がありますからねえ。なかには曲の途中で調子が変わる場合もありますし」

「えっ、何小節かの短い間に変えるんですか」

「そうなの。舞台だと大変なんですよ。調子を変えるときに、気をつけないと糸巻きがゆるんで飛んだりね。本当に怖いの」

調弦するのに三十分も格闘しているのでは、そんな曲、いつ弾けるようになるやら、皆目見当もつかない。おまけに三味線の調子がそんなにあるとは思わなかった。テレビ番組で年配の芸者さんや邦楽の専門家が、三味線を弾くのを見ると、

「三味線なんて簡単よ」

といいうような、さらっとした顔で弾いておられる。しかしそこにはものすごく高度な技術が隠されている。小唄《こうた》の場合は三味線は裏方だから、唄う人より前に出ることはないけれども、習得しなければならないテクニックは山のようにある。まさに芸事なのである。

「うーむ」

本調子の調弦がなんとかできたとしても、二上がり、三下がりがスムーズにいくかどうかはわからない。そのたびに三十分も格闘するはめになるのだろうか。

「最初っからうまくいくんだったら、習いにこなくてもいいっていうことになるでしょ。でも三味線は正直いって大変ですよ。調子三年でしょ。何とか弾けるようになるのが十年。そうねえ、私がやっと三味線がわかるようになったのは、はじめて五十年くらいたったときかしら」

先生は、あはははと笑っている。

「五十年……」

すでに私はこの世にはいないような気がする。

「ともかく、よろしくお願いします」

先生に頭を下げるしかなかった。

曲に入る前に構え方を教えていただく。正座した右脚のももの中ほどにすべりどめの膝《ひざ》ゴムを置き、その上に三味線の胴をのせる。左手にはすべりがいいように指かけをつける。緊張して手のひらに汗がにじむ。

「いいですか。三味線は格好のもんですからね、形をぴしっと決めなくちゃいけませんよ。棹《さお》を立てすぎると民謡風の構えになるし、棹を下げるとだらしなく見えます。ふらふらしないで、きちっと棹の角度が守れるように、鏡を見て覚えてね」

「はい、わかりました」

とはいうものの、いったい自分がどのように三味線を構えているのやら、わからない。曲はいちばん最初に唄を習った「水の出花」である。指を動かす練習など一切なく、のっけから曲を弾く。

「最初は三の糸の4の勘所《かんどころ》を押さえて弾きます。これが口三味線でいうとチン。三の糸のどこの勘所でも、押さえて弾いたらチンといいますよ。次は二の糸を押さえないでそのまま弾いて。これがトン。そして押さえない二の糸と、三の糸の4を押さえたまま、二本一緒に弾きます。これがシャン。これでチントンシャンね」

「はあ」

本当にチントンシャンってあったのだと感動した。

必死に右手と左手を交互に見ながらではあったが、それを教えていただいただけでも、妙な充実感がある。

「はい、もう一度」

手元を見て弾いているのに、二の糸ではなく太い一の糸をドーンと弾いたりして、とんでもない音が出てものすごくあわてる。頭ではわかっているのに、手が思い通りに動かない。

「あわわわわ」

たったチントンシャンの二小節なのに、大慌てである。こんな簡単な音でさえ満足に出せない。私は喜びと絶望がいりまじりながら、手にじっとりと汗をかいてきたのであった。

右手の秘密

マイ三味線を持てただけでうれしがっていたが、お稽古《けいこ》がはじまったとたんに我ながら、

「どうにかならんのか」

といいたくなってきた。たしかに弦楽器を習うのははじめてなのだが、もうちょっと何とかなってもいいじゃないかという気がしてくる。とにかくひとことでいうと、お手上げ状態だ。子供のころに父親がウクレレと教則本を買ってきて、家族でかわるがわる弾いてみた経験があるのだが、そのときは本を見たら何とかなった覚えがある。しかし三味線はだめだ。習いはじめてどきどきするうれしさと、曲にもならないひどさとで、私の気持ちは舞い上がったりどどーっと落ち込んだり、三味線に関しては平穏な日々は訪れていない。

しかしやると決めたからには、やらねばならない。やらねばならないのだが、うまくいかない。どういうふうにうまくいかないかというと、先生に教えていただいた通りに、ぽつりぽつりと弾いていくのだが、同じ音は同じ場所を押さえていればいいのに、音が変わ

ったときに手が動かない。自分でも、

「なぜだ！」

といいたくなるのだが、糸を押さえる左手が思うように動かないのである。

「どうして動かないのかしらねえ」

目の前で先生が首をかしげるのを見て、まさか私も同じように、

「どうしてかしらねえ」

というわけにもいかず、

「すみません……」

と体を縮めるしかない。のっけから大問題である。勘所を押さえる左手が意のままに動かなくては、曲なんか弾けるわけがないじゃないか。

「なぜだ……」

それまでは三味線ショックは「梅むら」の豆かんだけで立ち直れたのに、それだけでは足らず、「飯田屋」のどじょう鍋《なべ》が加わった。豆かんとどじょう鍋の組み合わせで態勢を立て直し続け、三週間ほどたったところで、真剣に、

「なぜできぬ」

と考えてみた。そのときはたとあることに気がついた。先生と膝ゴムについて話をしているとき、昔は膝ゴムなどなかったこと、先生は今でも使っていないことなどをうかがっ

ているうちに、

「ほら、私は長いこと三味線を弾いているから、こんなふうになっちゃったのよ」

と着物の袖《そで》をまくり、三味線の胴の上にのせている右手の部分が、へこんでいるのを見せてくれた。

(あれだけへこんでしまうのは、ただ胴の上に腕をのせているだけではない。力を入れているからだ)

それまで私の右手は、糸を爪弾《つまび》くためにのせているだけだった。

「ん?」

私は三味線を取り出した。何も考えずにただ構えていたのだが、ためしにぐっと胴の上にのせた右手に力を入れて膝に押し付けるようにして、膝と腕とで三味線を固定してみた。

「おおおーっ、これは!」

何と左手が自由に動くではないか!

「弾ける、これで弾けるーっ」

目の前にぱーっと一筋の光が差してきたようだった。これに気がついた自分は天才ではないだろうかとすら思った。つまり今までの私は、三味線の重さを両腕で支えていた。左手に棹の重さがかかったら、自由に動かせるはずがないではないか。

「おほほほーっ、こんな簡単なことで弾けるようになるなんて」

最初は有頂天になっていたが、よくよく考えてみたら、こんな簡単なことを三週間も気づかないなんて、相当、頭が悪いのかもしれない。しかし遅くはあっても、それに気づいた私には、怖いものはなかった。

それから家でおさらいをするときには、三味線を構えてぐっと胴の上にのせた右腕に力を入れた。今までの苦労が嘘のようにスムーズに左手が動く。

「左手は棹を受けるような手つきになっては、絶対にいけません」

と先生に注意されたのも、もっともだった。棹を受けたら左手を動かすのは至難の業だ。豆かんとどじょう鍋の日々がぐるぐると頭の中をかけめぐり、自分が一皮剝《む》けた思いがした。しかしまだ「水の出花」の半分も弾けないのである。しかし第一のコツに気がついた私は、左手が嘘のように動くうれしさで、一生懸命練習をした。先生にも、

「よく手が動くようになりましたねえ」

と褒めていただき、犬のように尻尾《しっぽ》を振って大喜びした。うまく弾けないなあと思っても、先生に褒めていただくとその気になってくる。

「よおし、やるぞ」

仕事は毎日やらないけれど、小唄《こうた》と三味線の練習は毎日、欠かさずやるようになった。しかしまだ調子はぴたっと一回で合わせられないものの、調子を合わせて構えてみたら狂い、また合わせ直して構えてみると、また狂うという悪循環で、もうぐったり、というこ

とも少なくなり、以前よりは調弦の時間は短くなった。これまでは集中できる十五分から三十分の間、曲を弾いて練習するどころか調弦だけに費やしていたのである。

「でも今の私は違うわ」

右手の秘密もわかったし、調弦も何とかなる。あとはただただ練習のみだ。

家での練習用にと、三味線用品を扱っている店で膝《ひざ》ゴム、指かけなどを物色しているうちに、棚に小唄の本があるのを発見した。開いてみると五線譜ならぬ、三本の線の三線譜の上に、指を押さえるポジションの番号と下に唄が書いてある。私は他にも何かないかと探し、『三味線文化譜による三味線基礎教本』『文化譜による三味線手ほどき』（邦楽社）という本を見つけた。師匠による代々の口伝だけではなく、初心者の助けになるこういう本も出ているのだ。私は「水の出花」が載っている小唄の本と三本の線だけが記入してある「三線紙」も一緒に購入して家に帰った。

絶対音がない三味線の曲を、譜面化することはできないのだろうかと思っていたら、縦書きの譜面もあった。しかし圧倒的に文化譜のほうが多い。この文化譜というのは簡単にいってしまえば、ギターのネックの部分をそのまま示した、タブ譜のようなものである。三本の線の一番下が太く、いちばん上が細くなっているのは、そのまま三味線の棹《さお》を表現していて、なかなか芸が細かい。その三本の線の上に、5とか4とか数字が書いてある。つまり一番上の線の上に5と書いてあったら、三の糸の5の勘所《かんどころ》を押さえるという意味になる。

「なーるほど」

今までこれだけ本を読んだことがあったかと思えるくらい、真剣にページをめくっていたら、私が気がついたと大騒ぎした、右手の秘密もちゃんと書いてあった。開放弦を弾くときは左手を離してみて、右手だけで支えて三味線の角度をきちんとキープしつつ、弾けるくらいに胴を押さえていなければいけないらしい。糸の掛け方、巻き方、三味線のはずし方、組み立て方など懇切丁寧に書いてある。

「なーるほど」

うなずくことばかりであった。

次に「水の出花」が載っている楽譜を見てみたら、先生に習ったのと少し違っていたので参考にならなかった。口伝だし、いろいろな流派の先生方がいるので、先生によって少しずつ違ってくるのかもしれない。これまたクラシックのように絶対的な譜面がないこともわかった。私が先生に教えていただいた曲の完全な譜面は、世の中のどこにも売っていない。自分で作らない限り、どこにもないのである。私は何も書いていない三線紙を取り出して、お稽古のときのテープを聴きながら、

「4、4、1、1、0、4、0……」

とそれぞれの糸を示す線の上に勘所の番号を書き込んでいった。これでおさらいすると

きの目安もできた。しかし五線譜に記入する音符と違って、細かい拍数を表現することができない。メトロノームで測れるように、きっちりしているわけではなく、突然、拍数が増えたり減ったり、変幻自在に微妙に間が変わることがある。それを譜面上ですべて表現するのは難しいので、それは体に覚えさせるしかない。文化譜も完璧《かんぺき》な楽譜ではなく、忘れないための覚え書きのようなものなのだろう。それでも手探りで三味線をはじめた私にとっては、何よりも力強い味方だった。

しかし唄う人は唄本を見てもいいが、糸方のほうは譜面を見てはいけない暗譜の世界である。あまりに譜面に頼りすぎて、譜面なしでは弾けないというふうになってはいけないので、そのほどほどのところが難しい。あらためて先生の、

「唄を覚えないと三味線は弾けませんよ」

という言葉を再認識した。いわれたときはわからなかったが、こういう立場になって、これまた、

「な－るほど」

である。

『三味線基礎教本』のほうは、後半部分は指の練習のための譜が書いてあった。ピアノでいえばハノンのようなものなのだろうが、一行程度の短いものばかりだが、1番から325番まで、スクイ、ハジキをはじめとする三味線のテクニックが練習できるようになって

いる。

「これを毎日練習すれば、上達するのだろうか」

私はじっと譜面を見つめた。先生に教えていただくだけではなく、自主トレも自分なりにやっていったほうが、上達は早いだろう。

「とにかくやるわっ」

絶望の日々からやっと抜け出られそうになってきた。

譜尺

　左手が動くようになると、譜尺の勘所のシールを見ながらであるが、先生と一緒に何とか弾けるようになってきた。が、左手に気をとられていると、糸を爪弾《つまび》く右手がおろそかになる。三の糸を弾いたつもりが、一の糸を弾いて、

「ドーン」

　と低い音が鳴り響いて、

「ぎゃっ」

　と正座したまま座布団から飛び上がりそうになる。

「そこは三の糸ね」

　先生に注意されると、たらーっと冷や汗が流れる。

（重々わかってるんですけど、どういうわけだか右手が思うように動いてくれないんです。どの音を出せばいいかわかってるんですけど。あーっ）

腹の中で叫びながら弾き続けると、こめかみだけではなく手のひらにじっとりと汗がにじんでくる。ただでさえ思うように動かないのに、汗が出てくるとますます指のすべりが悪くなって、勘所を押さえるのもスムーズにいかず、左手は棹をこすりながらぎこぎこと移動するようなありさまだ。

それでもお稽古《けいこ》に行くのは楽しいので、移動中は私の肉体は別に変化を起こさないのだが、先生の前に正座をして、唄《うた》を教えていただいているうちに、じわりじわりと手のひらに汗がにじんでくる。特別汗かきではないが、やはり緊張しているらしい。おまけにどういうわけか鼻水まで出てくるのである。私はまだ邦楽特有の旋律に慣れていなかった。五線譜でいうと、突然、基本的なリズムとは関係なく、音符がひとつあるいはふたつ増えたりする変拍子に惑わされ、リズムがとれない。とにかく五線譜を頭に書くのは忘れて、先生が口から発した通りに真似をすることに徹すればいいのだが、ついつい五線譜を頭の中に書こうとする。リズムが変わったり、楽譜には書けないような調子の変化のところでつっかかり、そのたびに汗がにじみ出てくるのであった。

できなくて習いに来ているんだから、そんなに緊張することはないじゃないかと我ながら思うのだが、唄の旋律を聴きながら、

（え、次はそんな音になるの？　そこは一拍増えたような……）

と頭は混乱するばかりだ。先生がおっしゃった、

「体に覚えこませないとだめ。体で覚えたものは忘れないけれど、頭で覚えたものはすぐに忘れますよ」

という言葉が毎回、目の前に垂れ幕のように下がる。目で見ないで耳から覚えさせなくてはならないのに、まだまだ音を目で見えるものに置き換えて覚えようとしている。

それは何かをするときに、まず本を読んでしまう私の欠点を表していた。スキー、ソシアルダンスなど、とにかく体を使ってするものでも、まず本を読もうとする。とにかく目に見えるものに置き換えないと不安なのである。でもどれも本を読んだからといって上達するわけではない。それよりも自分の体を使うことのほうがずっと必要だ。唄も三味線も同じだ。

三味線は昔からある楽器だが、弾いていた人は全員、学校で音楽教育を受けたわけではない。厳しい修業の末、音符を読むなどの教育は受けなくても、耳から体で覚えた。目の不自由な人々も耳から聞いた音だけで体に覚えこませていく。なまじ情報を得る部分が多いと、それらに頼って感覚が鈍るような気がする。あれもこれもと欲張って、散漫になってしまう。耳からだけしか情報が得られなかったら、そこに感覚が集中する。私は情報がありすぎて、それに甘えているのだ。贅沢《ぜいたく》な立場に置かれているのに、うまくできない。やっぱり芸事というのは、追いつめられて習得できるものなんだろうか。

「くーっ」

そう思うとまた鼻水は出るわ、手のひらに汗がにじむわという始末で、私はお稽古中、ずっと手ぬぐいを握り締めていた。

唄と三味線で十五分ずつで、ちょうど唄のお稽古が終わったあたりで、私の足のしびれは極致に達している。正座ができないので、お稽古をすれば少しは慣れるかと思ったけれども、正直いってなかなか辛《つら》い。先生が三味線の準備をしている間に、足をちょっとくずしたり、本で読んだ足のしびれを直す方法をやってみたりする。動くと少しは緩和されるが、三味線を膝《ひざ》の上にのせたとたんに、

「じーん」

としびれが戻ってくる。そんなことに気をとられては、三味線のお稽古にならないので、ちっこい目と耳の穴を全開にして、先生を見る。その間はしびれを忘れているのだが、終わったとたんに、どっとしびれが私を怒濤《どとう》のように襲い、じんじんしておいそれとは立てない。先生には、正座が苦手だとはお話ししてあるが、あまり見苦しいのは失礼なので、三味線を横に置くときに腰を上げたついでに、足の親指をぐるぐると回して、しびれを取ろうとしたりした。最初のころは、さすがに立つこともできず、

「申し訳ありませんっ」

といいながら、先生の目の前で足を揉《も》んだ。そんなふがいない私を見て、先生は、

「しびれたときはあわてて立つとあぶないですからね。あせらないでゆっくりりね」

といって下さる。

「どうもすみません」

足を揉みほぐしていると、

「まだ小唄などは短いからいいんですけどね、長唄になると大変ですよ。何時間も正座したままですからねえ。脂汗がにじんできて、終わって立ち上がろうとして、ひっくり返る方もいらっしゃいますよ」

といわれた。小唄でこの有様なのだから、長唄だったらいったいどうなるんだろうか。唄で鼻水、三味線で汗が倍増し、仕上げにしびれが襲ってくる。これが私のお稽古のお悩み三点セットである。まだ「豆かん」「どじょう鍋《なべ》」のラインは続いていたが、前ほどぐったりすることはなくなってきた。声を出すのが体にいいのか、終わると不出来なことも忘れて爽快《そうかい》な気分になるようになった。だから小唄も三味線も遅々として進まないのだけれども、続けられるのだった。

唄は声の出し方がいまひとつわからない。三味線は三味線で、左手がちゃんと勘所《かんどころ》を押さえているかと見ていると、右手がおろそかになる。右手を見ていると、もちろん左手がおぼつかなくなる。

「トンボみたいに全方位タイプの目だったら、どんなにいいか」

そう思いながら、左を見たり右を見たり、とても忙しい。それも露骨に見るとみっともないので、横目でちらちらとチェックするのだが、やたらと目が疲れてしょうがない。このままでは目の玉がどんどん目尻《めじり》側に寄っていきそうな気がする。先生を見ていると、三味線を弾いているときは、きちっと背筋を伸ばしてじっと前を見ている。もちろん左手も右手も手元は一切、見ない。

「三味線は格好のものですからね」

ぴしっと姿が決まっていなくてはならないというのが、先生の美意識なのだろう。しかしわかっていても、左手が気になって横目で見てしまい、ふと気がつくと、棹《さお》が前に出ている。無意識のうちに譜尺が見やすいように、左手を前に出しているのである。

「左手はもうちょっと体に寄せて」

と注意を受ける。棹の角度をきちんとキープするのが難しく、時間がたつにつれて下がってくるのも注意される。棹を下げたほうが楽なので、疲れてくるとそういうふうになってしまうのである。間違わないようにと勘所を見ると、左手を前に出してしまう。棹を体に寄せると譜尺がよく見えない。

「うーむ、もともと譜尺というものが、初心者のためではあるけれども、ある意味で邪道なのだろうからなあ」

譜尺があるからそれに頼ろうとする。最初は調弦すらも満足にできないから、音痴な三味線で何の目安もなしに勘所を押さえていたら、もう、何がなんだかわからなくなる。目安としての譜尺があると大助かりだ。頼りすぎるといつまでたっても横目は直らないし、先生がおっしゃるように格好も決まらないのもわかる。でも今は譜尺が命綱だ。

　九十歳近い科学者でもある兄弟子にうかがったところ、彼が三味線のお稽古をはじめた学生時代には、譜尺などなかったそうだ。

「それでは最初から、譜尺なしでお稽古なのですか」

「そうそう。こういうものができたのはずっと後のような気がするけどなあ。それにこんなテープなんかなかったしね」

　彼は私のカセットレコーダーを指さした。

「全部、その場で覚えなくちゃいけないわけですね」

「うん、まあ、そうねえ。でも稽古日は一週間に三日くらいあったかな」

「それでも覚えられないですよ。私なんか譜尺や録音テープを使っても、なかなか進歩しないんですから」

「誰だって最初っからうまくいかないよ。こういう芸事っていうのは、これで終わりっていうことはないから、何年、何十年って続けていても、稽古をしなくちゃいけないのは同じ。だからみんな、いい年をして通ってきてるわけなの」

　みなさんはそれぞれにベテランだし、唄も三味線もとても味がある。しかし私には全くない。ただ音を間違えないように唄い、弾くのが精一杯だ。

「いつか譜尺が取れる日が来るのだろうか」

そう思いながらも私の左目は横目になり、棹はどんどん前に出てきてしまうのであった。

スクイとハジキ

三味線にはいろいろな技法がある。習っている「水の出花」にも、スクイ、ハジキといったものが出てくる。普通は上から下へ糸を弾いているが、スクイというのは文字通り下から上へすくい上げる。ハジキは左手の指で糸をはじく。普通に糸を弾くだけでもままならないのに、それにスクイだのハジキだのが加わると、もう何が何やらわからない。三本の糸で微妙な音色の違いを出すのにとても必要な技法なのだろうが、譜尺にたよって横目になりながらも、やっと勘所が押さえられるようになったのに、また越えねばならない山がすぐに出てきた。

すくっているつもりが隣の糸を弾いてしまい、ぜーんぜん違う音が、

「ずーん」

と出てしまったり、ハジキも人差し指で糸を押さえつつ、薬指で糸をはじけといわれても、

「ひぃぃーっ」

といいながら指がつりそうになる。だいたいふだんの生活では、左手の薬指をこちょこちょ動かす動作などほとんどないので、なかなか意のままにならない。こちらも隣の弦をはじいてしまって、とんでもない音を出す。

「お三味線はいろいろな指を使いますからね。こういっちゃなんですけど、みなさん、お年を召しても呆《ぼ》けないようですよ」

呆ける前にちゃんと弾けるようになりたいものだ。

スクイは右手の動きなので、まだ何とかなりそうな気配はあるが、問題はハジキだ。糸を押さえながらはじくときに、はじくことに意識を集中しすぎると、つい糸を押さえる指がはなれそうになる。押さえ方もはじき方も未熟なもんだから、曲の中でハジキが出てくると、それまでの音色と違い、響きのない、

「ぶちっ」

というみっともない音になる。

「うーん、もうちょっときれいな音でねえ……」

先生のおっしゃる通り、自分もそう思うのではあるが、とにかく指が動かない。三味線は曲の中の歌詞の区切りのいいところまで、何小節かずつ習うのだが、ハジキがあるとその場所ばかり気になってしまい、他の指遣いがおろそかになってしまう。

「勘所《かんどころ》の5は中指ですよ。4はほら、人差し指でしょう」

最初に先生に教えていただいているから、十分にわかっているはずなのに、頭にかーっと血が上ってしまい、しまいにはどれが人差し指やら中指やらわからなくなってくる。

「どれがひとさちゆびでちゅか」

といいたくなるような、ほとんど幼稚園児以下といった有様なのである。相変わらずあせると汗が出てきて、指のすべりが悪くなり、ますます手が動かなくなってくるし、左手に気をとられると、

「棹が下がってきましたよ」

と注意を受け、足はしびれ出す。

「ありがとうございました」

と頭を下げてお稽古《けいこ》が終わっても、頭の中はぐるぐるとまわっている。先生のお宅から最寄り駅まで帰るまでの十分ほどの間で、山のようにため息をつき、和装小物店できれいな腰ひもを買ったり、扇子屋さんで扇子を買ったりして、自分にちょっとだけご褒美を与えて、クールダウンするといった具合だ。

唄《うた》のほうは「からかさ」になった。調子のいいはずんだ曲である。短い唄なのに、これがまた難しい。文句の中で、

「骨はばらばら、紙ゃ破れても……」

という件《くだり》がある。「紙ゃ破れても」の部分は三味線の伴奏がなく唄を目立たせる箇所なのだが、何の伴奏もなくリズムに乗って唄うのが難しく、

(ど、どういうふうに唄うんだっけ)

とあせるうちに、

「紙、みやーっ」

などとネコの鳴き声みたいになってしまった。

「あなた、なまってるわよ」

三味線を弾くのをやめ、先生は真顔になった。

「すみません。ちょっと間が悪くなってしまいました」

指はちゃんと動かないわ、言葉もちゃんと喋《しゃべ》れないわじゃ、いったいどうなるのだ。唄も三味線も覚えることは山のようにある。

その山のうち、「水の出花」の三味線は、何とか最後までたどりついた。

「それでは最初から」

先生と一緒に曲を弾き終わると、

「お一人でどうぞ」

といわれた。

「は?」

「大丈夫でしょう。やってごらんなさい。はい、チントンシャン……」

先生は左手で間を数えながら、唄を唄う。私は緊張しながら、ところどころではじき損ないの、

「ぶちっ、ぶちっ」

と間抜けた音を出しながら、何とか最後まで弾き終わった。

「よく覚えましたね。偉いですよ」

先生は褒めて下さる。

「でも、ハジキの音がひどくって……」

「あったりまえでしょう。まだ初めて何か月です？　お稽古は週に一回だから、まだ八回くらいしかしてないんですよ。これから練習すればそれは直ってきますよ。でもねえ、三味線は質《たち》というものがありますからねえ。どんなにやっても、だめな人はだめねえ」

「はあ」

別に私はプロを目指しているわけでもなく、歳をとったときに自分の楽しみになればいいとはじめた。考えてみれば三味線を触ったこともなかったのに、まだまだながらも一曲でも弾けるようになったのだから、よしとするべきなのかもしれない。

「ではお三味線も『からかさ』ね。これは調子が違います」

「水の出花」は本調子で、「からかさ」は二上がりである。どのように違うかというと、

簡単にいえばシミシが、シファ《♯》シというように、二の糸の調子が上がる。文字通り「二上がり」なのである。お稽古のときは先生が三味線の調子を合わせて下さるけれど、自分で調子を合わせられるか心配だ。先生がテープに一、二、三の糸の調子を録音して下さったので助かったが、これでまた調子を合わせるだけで三十分もかかるのではないかと、目の前が暗くなりかける。

「大丈夫よ。本調子が合わせられるようになったら、合わせられますよ」

ところが問題が起きた。二の糸の調子が変わったので、今までとは押さえていた勘所の音が変わる。本調子のときは、二の糸の4の勘所はラの音だったのに、二上がりではシになる。音程で覚えていたので、ラの音を聞くと、つい4の勘所に手がいく。もちろん調子が違っているので、それは別の音だ。本調子の音と、二上がりの音がごっちゃになってしまい、私の指は棹《さお》の上で右往左往して、どこを押さえていいかわからなくなってしまったのである。

「それは体で覚えていないからですね」

頭で覚えているから、そうなる。体で覚えていれば、ラだのシだのいわなくても、すっと勘所に指が動くはずなのである。

「そのうち慣れるから大丈夫」

先生はあれやこれやと訴える私を励ますようにいって下さるのだが、

（本当に慣れる日なんて、くるのか）

と、自分に疑いすら持つようになった。

「うーむ。二上がり……」

家で練習をしていても、本調子は忘れよう、忘れようとするのに、ついそれの勘所を押さえてしまう。またこの「からかさ」がテンポの速い曲なので、もたもた弾くわけにはいかない。これがまた難しいのである。

「あわわ、あわわわ」

といいながら、指がもつれる。

「はーっ」

いったん三味線を置いて台所に行き、流しを磨いたりして気を落ち着かせる。そして再び三味線をとり、新たな気持ちで練習をしなおす。しかし指が右往左往するのは同じだ。

「うーむ」

私はじっと自分で音をとって作った楽譜を眺めた。勘所を押さえて本調子のときと音が変わるのは、二の糸だけである。一の糸と三の糸は変わらない。全部の糸の調子が変わったわけではないのだ。

「二の糸を弾くときだけ、気をつければいいのだな」

私は調子が変わったことであせってしまい、三本の糸の調子全部が変わったような気がして、あせりまくってしまったが、たかが一本の糸だけの変化なのだ。

「落ち着け。落ち着けばなんとかなる。一と三は前と同じだぞ」

まるでこれから偉業に取り組むような感じで、また三味線を取り上げた。一の糸と三の糸は、勘所を押さえると聞き覚えのある音が聞こえてくる。

「攻略するのは二の糸だけなんだ」

ちょっとだけ希望が出てきた。そして楽譜をよくみると、実は二の糸に関しては、そんなに複雑な指の動きはない。勘所を押さえるよりも、開放弦を弾く回数のほうが多いではないか。

「なーんだ。そうだったのか。はっはっはーっ」

今まで頭を抱えていたのが、ばかみたいに思えた。しかしまだ体で覚えられず、頭であれこれ考えている私に、試練はまだまだ襲いかかってくるのである。

ゆかたざらい

毎日練習していても、相変わらずハジキがなかなかうまくいかない。普通に弾くときも間違えて別の糸を弾いたりするのと同じように、はじくときも別の糸をはじいてしまい、だらーっと汗が出てくる。間違えずにできたとしても、その音は三味線らしい音ではなく、

「ぶちっ」

という何の響きもない間抜けた音だ。おまけに指に深く糸をひっかけて、ものすごく大きな音が出たりする。

「いつになったら弾けるようになることやら……」

糸が三本しかないのに、こんなに難しいとは。

「もう一本、腕が欲しいです」

そういうと先生は、

「あっはっは」

と笑った。

「まだはじめて間もないんだから、できないのが当たり前ですよ」

「毎日練習すれば、弾けるようになるんでしょうか」

「練習は大切ですけどね。でも他の楽器もそうでしょうけど、人それぞれ、楽器に対する質《たち》がいい悪いということはありますからねえ。いくら練習しても努力しても、だめな人はだめです。残念ですけれど」

自分はこの楽器をマスターしたいと思っているのに、素質がなかったらどうしたらいいのだろうか。いくら趣味でやっているとはいえ、いくら練習してもだめとなるのはちょっと悲しい。

(きっと先生は、それがわかっているに違いない)

でも、

「私はどっちなんでしょうか」

とたずねる勇気はなく、

「精進いたします」

としかいえなかった。

七月の末に、「ゆかたざらい」が行われる。私たちはまだ入って間がないので、お茶くみでもしていればいいのだろうと、気楽に話を聞いていた。すると先生に、

「あなたたちもやるのよ」

といわれて、

「ええっ」

とびっくりしてしまった。

「でも、先生、あの、その、あの……」

「お三味線はとてもじゃないけどまだ無理ですけどね。唄《うた》だったら大丈夫でしょう」

「でもまだ、三曲くらいしか……」

「三曲あれば十分ですよ。内輪の会ですから気楽にね。といってもいちおう会は会ですから」

内輪の会とはいえ、楽しみながらもちゃんとやらねばならないのだぞという雰囲気が、先生の体から立ち上っていた。

「あのう、みなさんにお茶を出していればいいと思ってたんですけど……」

そういったら許してもらえるかなあと期待したのであるが、

「何いってるの。だめだめ。みなさんにもやっていただくわよ」

ときっちり申し渡されてしまった。

いっときカラオケにはまって、人前でマイクを持って歌ったことはあるが、このような会は高校生のときのエレクトーンの発表会以来、三十年ぶりなのだ。私は姉弟子のSさん

やKさんに、

「いったいどうすればいいんでしょうか」

とたずねた。するとお二人とも、

「大丈夫、大丈夫。そんなに気の張る会じゃないから、心配することはないわよ」

といって下さる。

「はあ……」

自分が失敗したら、先生に恥をかかせることになってしまうのが怖い。

「だってまだ入ったばかりでしょう。それは間違えないほうがいいけど、間違えても仕方がないって思えるじゃない。私たちのように何十年もやっているほうが緊張するわ」

とおっしゃる。それはそうかもしれない。間違えないに越したことはないけれど、私たちはとにかく新参者なのだ。みなさん方のなかでいちばん下なのだから、下手で当たり前だと開き直ることにしよう。男性女性共通の、二年に一度新調するお揃いの浴衣《ゆかた》も染め上がってきて、着るものについては楽しい気分になってきたが、その反面、割り切ったつもりでも、

「へまをやったらどうしよう」

と不安はつきないのであった。

私たちは前座のようなものだし、最初のほうでちょこっと唄えば、あとは呑気《のんき》にしてい

ればいいのだろうと思っていたのだが、そうではなかった。第一部、第二部と分かれている。第一部のほうは「捨て番」と呼ばれ、いってみれば声ならし、指ならしのようなものだ。第二部のほうが本番になる。私たちのような新参者は、捨て番だけでお役ご免になるのかと思っていたら、兄弟子姉弟子も第一部のほうで三味線を弾いたり唄われたりする。そしてまた新たに、メインの第二部がはじまるのである。だから私たちも第一部、第二部と両方に参加しなければならず、第一部が終わっても、だらっとしてはいられないのだった。

「ううむ」

できあがったプログラムを見た。第一部には最初に習った「水の出花」、第二部は「無理な首尾して」「からかさ」と二曲続けて唄うことになっている。とにかく曲を選ぶも選ばないも、唄えるのはこの三曲しかないのだから仕方がない。

「たったこれしかできましぇーん」

という目一杯の出し物なのである。

「ま、いいか。内輪の会だし」

と腹を括《くく》ったり、

「へまをしてはいけない」

と緊張したり、ゆかたざらいの当日まで、私の気持ちは揺れ動いていた。

場所は築六十年以上の、人形町の料理屋さんのお座敷だった。部屋に入ったとたん、畳の上に赤い毛氈《もうせん》が敷いてあるのが目にとびこんできて、心臓がどきどきしてきた。唄本を置くための見台《けんだい》もその上に鎮座している。

「遠方からご苦労さまでした」

先生はいつものように笑顔である。

「あの赤い物を見たとたん、急にどきどきしてきました」

「そうなのよね。別に牛じゃないんだけど、赤い物を見ると何だか普段と違っちゃうのよねえ。私もそうよ」

とおっしゃる。

「はー」

私は友だちと共に、下座でため息をついていた。私は第一部、第二部とも三番目である。

「あーあ、捨て番だけならいいのに……」

プログラムを見ながら、何度もため息が出る。

「とにかく早く出番が終わってえ！」

と叫びたくなる。緊張しすぎてもいけないから、

「お揃いの浴衣を着られて、ちょっとうれしいかも」

と気分を盛り上げてみたが、またすぐ現実に直面して暗くなった。ぐずぐずいっている

うちに会ははじまり、トップバッターの、一緒にお稽古《けいこ》をはじめたKさんが赤い毛氈の上に座った。三味線は師範の二十二歳のSくんである。第一部はほとんどの曲を彼が弾くのだ。Kさんがお辞儀をしようとすると、一番前に座った先生が、

「それ、押してね」

と前を指さした。見台の横に手で押すタイプの古いベルが置いてある。唄う前にそれをジリンと鳴らして、はじめる合図にしているようだ。

唄い終わったKさんは、

「第一関門クリア」

といいながらうれしそうに帰ってきた。順番が近づくにつれて、鼓動が激しくなってくる。とうとう私の番になった。今さらあれこれいってもしょうがないので、意を決して毛氈の上に座った。

（うわっ、どうしよう……）

カラオケボックス以外で、こんな間近に人がいるところで唄を、それも小唄を唄うなんて、そんな姿を想像したことがあっただろうか。短い時間にそんなことが次々と頭に浮かび、私はベルを押した。いっせいに十四人の顔がこちらに向くのを見て、かーっと頭に血が上ってきた。しかし幸いなのは、みなさんの顔を見ないで唄えることだった。春日会では会のときは、唄本は見てはいけないとされている。唄の文句を書いた紙を、見台にのせ

てそれを見るので、目は伏し目がちになる。だから見られている気配は感じるものの、こちらが顔を上げない限り、見ている人々と目が合うことはない。私は必死に見台をにらみつけた。

(ここにいるのは私一人。誰も見ていない。練習しているだけなの)

そう信じ込むようにした。音程ははずれなかったはずだが、きっと風情も何もあったもんじゃない小唄になっていたと思う。それでも何とか間違えずに唄い終わり、少しだけ気が楽になった。第二部はほとんどやけくそだった。高音部が出なくてかすれたような気がしたが、なかったことにした。

終わってみれば、緊張したけれども楽しい会で、他の方々の唄や三味線を聴くのはいい勉強になる。

(いつになったら、あれだけできるようになるのやら)

午後七時すぎに会はお開きになり、友だちと、お疲れさまとお互いをねぎらった。

(すべて終わった……)

終わったのに出るのはため息だ。安堵《あんど》のため息と上手にできなかった後悔のため息。そして誰がいうともなく、私たちの足は近くにあるホテルに向かい、よろめくようにロビーの喫茶室に入って甘い物をむさぼり食ったのであった。

間

内輪のゆかたざらいとはいえ、はじめて人前で唄《うた》を披露した感想は、

「だめだ、こりゃ」

だった。兄弟子、姉弟子は何十年もやっておられる方ばかりだから当然なのであるが、醸し出す雰囲気が、全く違うのである。声がよく通るからいいとか、声がきれいだからいいというものでもない。オペラのようにどーんと息が前に出ればいいわけでもない。音程が多少ずれたとしても、風情が違う。それが私には全く真似できない部分なのである。

「あったりまえですよ」

そう訴えた私に対して、先生は大笑いした。

「三か月やそこいらで上手に唄われたんじゃ、こちらがたまりませんよ。小唄はあんまりお若い方がはじめるよりも、あなたぐらいの年齢が、ちょうどいいお年頃なんですよ」

「はあ……」

たしかに小唄の内容には、男女の複雑な仲を唄ったものも多い。四十代も後半になれば、いろいろな経験もしているからという理由なのだろうが、私は歳はとっているが、男女の関係に関してはぜーんぜんお勉強していない。いわゆる不倫経験も全くないし、男性に焼《や》き餅《もち》を焼いたということもない。彼氏がいっていた言葉を思い出し、

「そうか、あのとき、私に焼き餅を焼いて欲しかったんだ」

と別れて三年後に気がついたりするような始末である。こんな程度で男女の機微を情感たっぷりに唄えるわけがない。

「勉強不足で申し訳ございません」

私は先生に深々と頭を下げた。

「あっはっは」

先生は笑っておられたが、唄が上達しない理由がわかったわと思われたかもしれない。

夏場もお稽古に通い続けた。兄弟子、姉弟子は下町の方が多いので、小一時間かけて通ってくる私を、

「ご遠方から偉いわねえ」

とねぎらって下さる。もともと私は出不精で、出かけるのが億劫《おっくう》なタイプなのだが、お稽古だけはきちんと通っている。気乗りがしない場所に行くのは歩いて五分でも嫌だが、小一時間かかってもお稽古に通うのは全く苦ではなく、毎週、とても楽しみだ。ただそれ

までは午後にうかがっていたのを、午前中に変更した。お稽古は午前十一時からなので、それに合わせて出かけるようにした。お稽古日の午前中は、気になって他のことが何もできなかった。ちょっとお稽古しておこうかしらと思うと仕事もできないし、どこかそわそわしている。家に戻ると晩御飯の時間になる。丸一日、つぶれてしまうのである。午前中にお稽古に行くと、午後に家に帰ってからも仕事ができるのだ。

ゆかたざらいの席で、小唄や三味線の難しさを痛感した私は、とにかくさらうしかないと、毎日、三味線を手にして弾いた。まだまだ譜尺が頼りなので、横目で棹《さお》が前に出るスタイルのままだ。

「これも何とかしなければ。ゆかたざらいでも三味線を弾かれた方々は、一切、棹のほうを見なかったではないか」

試しに前を向いたまま弾いてみたら、小唄が前衛三味線音楽になってしまった。勘所《かんどころ》を押さえ間違ってしまうと、そのまま音をとってしまうのでずんずん音が狂い、調弦も甘いのでこちらのほうでも音がずれ、しまいには、

「私が弾いているのは、いったい何？」

と叫びたくなった。私に絶対音感がないことだけはわかった。

唄のほうも難しくなってきて、高いほうの声が出なくなったり、微妙な節回しで音をはずしたりする。特に私の声質は高いほうがかすれて出にくい。出そうとすればするほどう

まくいかない。

「高い音はね、出そうと力をいれればいれるほど出なくなるんですよ。肩や喉《のど》の力を抜いて唄ってごらんなさい。力をいれないで軽くね」

先生のいう通りやってみると、確かに出しやすい。

「な—るほど」

目からうろこがこぼれ落ちた。便秘と違って力めば何でも出るわけではないのである。唄うといってもそこには微妙なテクニックが必要だったのだ。

習えば習うほど、三味線や唄に対する難しさを知った。それにともなって、歌手（歌がうまい人に限るが）という仕事は何て大変なんだろうかと気がついた。それにもまして頭が下がるのは、芸人さんたちである。三味線を持って舞台に出る芸人さんたち。内海桂子・好江、玉川スミ、かしまし娘、フラワーショウ、ちゃっきり娘などなど、その他たくさんおられる。私はテレビで見て、ただ腹を抱えて笑っているだけだったが、実は大変なのだということが身にしみてわかった。座って弾いていても、三味線をしっかり固定するのは初心者にはとても難しい。立って細い紐《ひも》一本で三味線を肩から下げる。そうなると三味線の位置がふらふらと不安定になって、勘所をちゃんと押さえるのは大変なことなのだ。その状態で曲を弾き、おまけに舞台で人を笑わせる。まさに、

「そんなことなどできるか？」

といいたくなるくらい、私にとっては神業《かみわざ》なのである。芸人さんは舞台に出られるようになるまでには、陰で想像もつかないほどの努力をしているのに違いない。

うちの先生はずっと芸事で生きてきた人なので、そのへんのけじめはきちんとしている。つまり、内輪だけのおさらい会でも、きちんと曲として弾けないものは人前で弾くものではないとおっしゃる。たとえばピアノだと、はじめたばかりの人でも、発表会となったら初心者向きの小曲を弾いたりすることはあるはずだ。ピアノという楽器はメインとして成り立つけれども、小唄の三味線はそうではない。長唄、義太夫《ぎだゆう》、常磐津《ときわず》、清元《きよもと》なども、もしかしたらそうなのかもしれないが、そちらのほうはよくわからないので、小唄で感じたことのみをいうと、三味線はあくまでも唄を引き立てる裏方なので、メインになることはない。もちろん曲の中で唄を引き立たせる箇所、三味線を際だたせる箇所はあるのだが、唄を差し置いて全編、三味線が中心になることはありえない。とにかく唄あっての三味線なのである。唄は三味線を習っていなくても唄えるが、三味線は唄が完璧《かんぺき》に頭に入っていなければ弾けない。三味線がふらふらしていたら、唄がちゃんと唄えない。唄う人に恥をかかせるというのは、三味線弾きにはあってはならないのである。先生は、

「三味線でいちばん大切なのは、間です。勘所を間違えるなんていうのは、いいの。一生懸命練習しさえすれば、手はそこにいきます。だけど間が悪いと、もう、どうしようもないからねえ」

とおっしゃる。いちおう、

「はい」

と返事はするものの、とにかくメトロノームのカチカチリズム通りにはいかないので難しい。たとえば口三味線で、

「ツ、ル、ド、ツ、ヨーイ」

となると、そのヨーイの部分が間である。頭の中で勘定していてもわけがわからなくなってくるので、先生と一緒に口の中で口三味線を唱えないと、微妙な間がわからなくなってくる。まさに体で覚えなくてはいけない。

「でも先生、唄をきちんと唄って下さる方はいいかもしれませんけど、そうじゃない方もいますよね。その場合も三味線はきちんと間を守らなくてはいけないんですか」

「そうですね。間はきちんと守らなくちゃいけないんだけど、とにかく唄う方を引き立てなくちゃいけないからねえ。いくらちゃんと弾いてますっていっても、唄より先に三味線が終わっちゃったら、どうしようもないし。そのときは臨機応変にしなきゃいけないから、だから三味線を弾く人は、唄のすべてが頭に入って、体で覚えていなきゃいけないんですよ。私などは長いこと三味線をやっていますから、間も考えずに伸ばさなくてもいいところを、ずーっと伸ばしている人がいたら、二つ弾くところを三つ弾いたりしましたけどねえ。でもそういうのは芸者の三味線っていわれますよ」

お座敷では客に恥をかかさないような方法も、あまりいいこととはされていない。

「唄《うた》を唄う方も、そのへんをよく考えて、間を守って唄って下さればいいんですけどねえ。自信のある方ほど、みんなに聞かせたいから、不必要に音を伸ばしちゃったりするんですよ。どんなに三味線を弾くのが大変かは、やってみないとわからないですからね」

「その通りです」

私は深くうなずいた。三味線が難しいのは最初っからだが、最近、唄も難しく感じるようになってきた。唄を教えていただいた仕上げに先生の伴奏で一人で唄う。覚えたはずなのに微妙に間が合わず、

「そこは三味線についちゃいけないの」

と注意される。三味線の音と唄の文句は微妙にずれていなくてはいけない。ぴったり、一、二、一、二と合ってしまうのは野暮なのだ。もう頭の中は付点のついた音符や休符でいっぱいになってしまい、耳の穴からこぼれそうだ。だからといってただずらせばいいわけではなく、

「ここは三味線と合わせて」

と注意される。ついちゃいけないところと、合わせなくちゃいけないところがある。三味線も口三味線を唱えながら何とか覚えると、今度は唄の文句よりも、「ツン、ツ、ル、テン、トン、シャン」という口三味線のほうが頭に残っていたりする。最終的に体に覚え

込ませるためには、一曲にどれくらいかかるのだろうか。月日がたてばたつほど、ますます難しさを痛感するばかりだ。

糸の道

私にとっては一大イベントである会が終わった。もうしばらくは人前で恥をさらすこともない。

「唄だけなのに、こんなに疲れるとは思いませんでした」

先生の前でため息をつくと、

「あら、まあ、お楽しみでやっているのに、そんなに気にすることはありませんよ」

と慰めていただいた。これから先、三味線もご披露しなければならなくなったとしたら、いったいどうなるのだろうか。先生に訴えると、くくくっと笑いながら、

「実はずいぶん前に、こういうことがあって……」

と話して下さった。三味線を習っていた男性が、はじめて会で弾くことになった。曲は、今、私が習っている「からかさ」である。「からかさ」は調子のいい弾んだ短い曲なのだが、勘所《かんどころ》が一の糸から三の糸まで、次々に飛ぶので、あたふたしてしまう。あわてるとす

ぐ隣の関係ない糸を弾いたりするので、短いからといって侮《あなど》れないのだ。で、その男性も必死になって、教えていただいた口三味線を唱えながら、

「チリシャン、チリシャン」

と練習していた。会が近づいたので、唄方と合わせていると、彼は唄っている人がいるというのに、それよりもずっと大きな声で、

「チリシャン、チリシャン……」

と唱え続けている。あわてて先生が、

「あなた、唄っている方がいるんですから、いちいち口三味線を声に出さないの。心の中でいいなさい、心の中でね。はい、もう一度」

注意されて最初は口の中でもごもごいっていたものの、三味線に集中するうちに、また声は大きくなり、

「チリシャン、チリシャン」

と唄をおしのけて邪魔をするようになった。まるで「チリシャン」が唄の文句であるかのようだった。

「先生、うるさくて唄えません」

唄方も不愉快そうにしている。

「あなたねえ、一生懸命に弾いているのはわかりますけど、邪魔をしちゃいけないわよ、

邪魔は。いいですか、しっかりぎゅっと口を結んで、絶対に声は出さないように」

そう注意しても、彼が一生懸命になればなるほど、

「チリシャン、チリシャン」

が出てきて唄の邪魔をする。

「すみません」

と彼はあやまるのだが、いざ三味線を弾きはじめると、口をついて出てしまう。唄うほうだって、横でぶつくさいわれたら、気になるのは当然だ。が、私は彼の気持ちがよーくわかる。絶対にミスは許されないと思うあまり、彼は、

「チリシャン、チリシャン」

を心のよりどころとするしかなかったのである。「チリシャン」が三味線に集中する原動力だったのだ。たしかに糸方は唄っている人を引き立てなくてはならないのではあるが、習って間もなければ、そんなことを考える余裕なんかない。とにかく自分は間違えないこと。それしか頭にない。間違えなければ唄の邪魔をしていいかというと、それは別問題であるが、必死になればなるほど口三味線を唱えてしまう彼の気持ちは痛いほどわかるのだ。

「でね、会のときも、さすがに小声だったけど、やっぱりぶつぶついってたの」

さぞや唄方は迷惑だっただろうが、それほど三味線を人前で弾くというのは緊張する状態なのだ。

「でもなんだかんだいってもね、会や舞台を経験するとね、不思議とみなさん一段階上に進んでいくんですよ。緊張するのは、そのときは嫌な感じがするものだけど、とても大切なことなんです」

そう先生はおっしゃったが、どうもそれは私にはあてはまらないようだ。唄にも三味線にも四苦八苦している。糸を「爪で押さえて肉で弾く」のもまだできず、「肉で押さえて爪で弾く」ものだから、音は相変わらずぶちっ、ぶちっという鈍い音で、とても澄んだ音など出ない。若先生にこっそり、

「肉で弾くってどういうふうにすればいいんでしょうか」

と聞いたら、

「ぼくは、指の爪を噛《か》んでほとんど取っちゃいました」

という。いい音を出すためには爪が邪魔なので、そうしたほうが具合がいいのは事実だが、私はそこまでできない。私ができるのは、右手の人差し指だけをものすごく深爪にするくらいだ。でも問題は右手だけではない。押さえ方が悪いらしく、勘所を押さえて離すと雑音が出る。ハジキをしようとして間違えて隣の糸をはじく。とにかく雑音だらけなのである。これが糸を爪でピンポイントで押さえられるようになると、妙な雑音にはならない。「ウチ指」という技法があり、左の指で糸を押さえてすぐ離し、微妙な音を出すのであるが、それとは全く別の、弾き手の意思とは全く別のウチ指状態になってしまうのであ

った。

「うまくいきません」

うなだれる私を前に、先生は笑いながら、

「ですから、あったりまえなの。できないのは！　弾いた音が違うと、わかってるだけでも十分ですよ。いくら音が違うって注意しても、『どこか間違えましたか』って、けろっとしている人もいるくらいですからねえ」

楽器を弾こうという人が、音の違いがわからなかったら致命的だと思うが、私はまだ、その致命的な人と比べたらましという状態なのであった。

とにかく、毎日、三味線を出してきて弾くしかない。ときたま爪で押さえられたときは、全く違う澄んだ音がする。

「よし、やった」

とほくそ笑む。やっと「爪で押さえて肉で弾く」を会得したかと思うと、また、

「ぶちっ」

という音になる。まぐれでいい音が出る。このまぐれをまぐれでなくしなければいけない。素早く勘所の位置に左手が移動できれば、糸に対して直角に爪で押さえられる。離れたところから糸を押さえようとすると、どうしても指の肉で押さえるような形になってしまう。ところが左手に気を取られていると、だんだん三味線の胴を押さえている右手がお

ろそかになってきて棹《さお》が下がり、左手で重心を受けるような形になってくる。となるとますます左手が動かなくなるといった状態で、

「ああっ、もう、どうしていいやらわかりましぇーん」

と三味線を放り出して頭をかきむしりたくなるのだった。

あまりのめり込みすぎるのもよくないと思い、うまくいかないときはさっさとおさらいを切り上げた。でもいちおう気になるので、三味線の本を読んでいると、糸を正しく押さえていると、左手の人差し指の爪に「糸の道」ができると書いてあった。いつも爪の同じ位置でピンポイントで押さえているので、そこの部分が削れてくるのだ。

「はあ」

思わず自分の爪を見ると、爪の先がぎざぎざになっていた。いかにピンポイントで正しく爪で押さえていないかがわかる。

「ふーむ」

私は本に載っている爪にできた糸の道のイラストと、自分のぎざぎざの爪を見比べた。

「なーるほど」

私はにやりと笑って、爪ヤスリを取り出して、イラストと同じ位置に糸の道をつけた。つかないのなら、つけるしかないではないか。

「へっへっへっ」

我ながらグッドアイディアだった。いくら弾いても爪につかない糸の道であるが、先につけてしまえば、そこはへこんでいるから、すぽっと糸がはまってくれて、ピンポイントで押さえられる。

「やったわ」

これであの澄んだ音色が私のものになるのである。

楽しみは先にとっておこうと、その日は三味線を弾かずにいた。そして翌日、三味線を手にした。爪に糸の道がついた私は、これまでの、

「ぶちっ」

を連発していた私とは違うのである。

鼻歌まじりで試しに、先生からよろしいといわれた「水の出花」を弾いてみた。

「ふふふのふーん」

「あれれ」

糸の道もちゃんとつき、先生が弾くような澄んだ音色で弾けるはずだった。ところがそういうふうには、うまくいかなかった。まず糸の道に糸がすぽっとはまるはずだったのに、やはり指の角度が悪いらしく爪のあちこちで押さえてしまう。やっと糸の道で糸が押さえられたと思ったら、そのくぼみに糸がひっかかり、雑音は出るわ、次の勘所《かんどころ》に移るのに難儀するわで、これまでよりもひどい音になってしまったのだ。

「うむ」

私はじっと人差し指の爪を眺めた。

「やっぱし人工的に作った爪はまずかったか……」

それでも弾いていれば、糸の道にすぽすぽ糸がはまりこむと思っていたのだが、それが甘かった。先生の前でお稽古《けいこ》をしていても、糸が爪にどうしてもひっかかり、音も悪い。先生は初心者の私に、音が悪いなどということは一切おっしゃらないが、ふだんよりもっと音が悪いことは気がついておられただろう。まさか先生に、

「爪を削って糸の道をつけちゃいました」

というわけにもいかず、私はただただ体を縮めて三味線を弾いていた。糸の道は、日々、精進しおさらいを繰り返して、おのずと爪に現れる努力の賜物だ。それが簡単に削ってできると考えたのがバカだったのだ。私は再び爪ヤスリを取り出し、人工の糸の道を削って平らにした。そして、

「申し訳ございませんでした」

と世の中の三味線を弾いている人々に、心からあやまったのであった。

イメージトレーニング

私が四十歳を過ぎてスキーをはじめたとき、イメージトレーニングのために、スキーのビデオを買って見たことがある。これでスキーが上達したのかしなかったのか、自分では全くわからないのだが、家での三味線の練習に行き詰まっていた私は、

「三味線にもイメージトレーニングを導入しよう」

とCDを聴きまくった。なるべくたくさん聴いたほうがいいと思い、あちらこちら探したのだが、とにかく純邦楽のCDを置いてあるところがとても少ない。それに純邦楽というジャンルすらないので、いったいどこに置いてあるのかもわからないのである。あるレコード店では「ワールド・ミュージック」の棚にちょびっとだけ置いてあったりして、何だかわびしい。純邦楽に興味がある外国人向けのCDを買い、外国人向けのCDでなければ自分の国の音楽のことがわからないのも、何だか情けないなあと思いつつ、

「ふーむ」

とつぶやきながら聴いていたのであった。

どのジャンルの三味線をはじめるか、最後の二つまで絞り込み、「新内《しんない》」か「小唄《こうた》」か迷っていたとき、私は市丸さんのカセットに収録されていた、「茄子《なす》とかぼちゃ」という曲を聴いて、

「新内の男女の情よりも、こっちのお間抜けぶりが私にぴったり」

と思って決めてしまった。しかし実際にお稽古をはじめてから、あらためて収録されている曲を聴くと、

「さすがに声も美しいし、いいなあ」

と感心はするのだが、イメージトレーニングになるかというと別だった。三味線は基本的に裏方なので、私みたいにはじめたばかりの素人は、

「すごい」

と驚くことはできるが、正直いって細かい部分がどういいのかというのがわからない。以前、麻雀《マージャン》のビデオで、阿佐田哲也氏のぎりぎりの大勝負のときの打牌《だはい》を紹介していて、最後に「さすがに阿佐田哲也の打ち筋は違う」とナレーションが入ったのだが、麻雀をはじめて間がなかった私には、どこがどうすごいのか、ぜーんぜんわからなかった。それと同じなのであろう。

何年も三味線を続けている人には、

「うーむ、ここの弾き方がしぶい」

とか、

「ハジキの音が何ともいえない」

とか、ディープな感想があるのだろうが、私には、

「音が狂わずにちゃんと弾けている」

という認識しかない。名手の方々が三味線を弾いていらっしゃるのに、その程度のことしかまだわからないのである。また同じ曲でも節《ふし》が少しずつ違うし、三味線の手も違う。だから自分が教えてもらったのと同じではないので、比較ができない。同じ節だったら、

「そうか、ここはこう弾けばいいのか」

と反省材料にすることができるが、節が違うと、

「ああ、そちらではそのように弾いているのですか」

としか思えない。やっぱりうちの先生に教えていただいたほうが、いいような気がしてくるのだ。

参考にはなるが、

「三味線を弾こう！」

と触発はされない。そんななかで、

「よしっ、がんばろう」

と思わせてくれたのが、津軽三味線のCDだった。あのパワーと勢いが、

「おばちゃんもがんばれ」

といってくれているように思えた。ずいぶん前に買ってあった、初代高橋竹山のCDを聴いても胸は高鳴ってくるし、吉田兄弟には、はまってしまった。都内の純邦楽が充実している店で、他にも津軽三味線のCDを買ってみたが、津軽三味線といっても弾く人たちによって、全く違うのが面白かった。吉田兄弟のCDは私にとってとても聴きやすく、泥臭くなく音が垢《あか》抜けているような気がした。伝統的な津軽三味線からすると、少し違うのかもしれないけれども、若者が弾いている勢いがあった。CDの「いぶき」はどれだけ聴いたかわからない。ほとんど毎日、聴き続けた。彼らに、

「がんばってね」

といわれているような錯覚に陥る。もしかしたらあぶない妄想が入っているのかもしれないが、それで三味線のお稽古に熱が入るんだったら、それでいいのである。吉田兄弟はお父さんが熱心で、幼いころから自作のプラスチックの風呂《ふろ》桶《おけ》使用の三味線を作って、彼らに与えたらしい。小学校に上がる前から彼らは三味線を弾いている。プロで活動している若者たちも、五歳、六歳ではじめた人がほとんどだ。そんな人々と四十半ばではじめた私と比較するのも失礼という感じもするのだが、熟女が若い男性のパワーをもらって女として開花しようとするのと同じように、おばちゃんはCDを聴いて、少しでも三味線が上

達する元気をもらおうとしたのであった。

お稽古の日は、その日に教えていただいた曲を録音し、帰りの電車の中で聴き返してみる。最初のころは、お稽古が終わると、呆然《ぼうぜん》としてよろめくだけだったのが、豆かんやどじょう鍋《なべ》を口にしなくても、電車に乗れるようになった。これは私にとって格段の進歩である。聴きながら左手の指を動かし、勘所《かんどころ》を押さえる指遣いを思い出す。シャドーボクシングならぬ、シャドー三味線である。さすがに、

「ドンドロドン、テッンシャン」

と口三味線はしないまでも、ぶつぶつと声を出さないように復習する。家に帰るまで小一時間、お稽古時間の三十分を二回聴き直す。そして家に帰ってしばらく放心し、気力が残っていれば、文化譜用の三線紙にテープを聴きながら楽譜を書き起こすのだが、だいたいの場合、放心して終わりになる。もう頭がいっぱいになって、

「ともかく、脳を休ませてーっ」

といった感じなのだ。

そして翌日の午前中に「いぶき」を聴く。自分も一生懸命に練習すれば、いつかはこのように弾けるような気がしてきて、いい気分になってくる。そして午後、調子に乗って楽譜を書き起こし、いざおさらいをしてみると、

「どっひゃーっ」

となって落ち込む。ぴちっと音が出ない、理想と現実の明らかな落差に、愕然《がくぜん》とするのである。それでも、

「千里の道も一歩から」

と自分を励ましながら、何度もおさらいをする。そして気がついたときは、めっちゃくちゃ足がしびれていて、

「くくーっ」

と身もだえしながら、じんじんしている足を揉《も》む。そして夕食後はまた「いぶき」を聴いて、いい気持ちになって寝る。次のお稽古《けいこ》日までそれを繰り返し、当日、先生のお宅に向かう電車の中では、「いぶき」を聴いて三味線が上手に弾ける気になるように暗示をかけるという、その繰り返しだった。

三味線を習いはじめて半年たつと、今までよりは長い曲を教えていただくようになった。

「ここの手は覚えておいてね。他の曲でもよく出てきますから」

たしかに同じようなフレーズがいろいろな曲で出てくる。これがくせ者なのである。前は一小節ずつ手探りで覚えていたのが、耳慣れるのと覚えた曲が増えてくるのとで、フレーズで頭に入るようになる。

「ああ、ここはこのような手だな」

と思うと、細かく覚えなくてもいいので楽なのだ。ところが完全に曲を覚えていないと、

家でさらっているとき、弾いているうちに、以前教えていただいた同じ手が入っている曲にいつの間にか入り込んでしまうのである。いい調子で楽譜を見ないで弾いているのはいいが、途中で、

「あれ、これは違うのでは」

とあわてて楽譜を確認すると、途中から他の曲に変わっていた。

「覚えやすいけれど、忘れやすい」

笑福亭《しょうふくてい》鶴瓶《つるべ》のカレーのCMと同じなのであった。

先生にこのことを訴えると、

「唄がちゃんと頭に入ってないと、そういうことになるんですよね」

（ぐさっ）

私は思わず胸を押さえた。三味線をさらっているときは、唄のことはころっと忘れていた。もともと唄には興味がなかったので、三味線を覚える段になると、唄との兼合いではなく、伴奏としての三味線だけを覚えようとしていた。書き起こしている文化譜にも実は唄の文句は書き込んでいなかった。たしかに唄の文句は曲それぞれで違うから、対応して覚えていれば、他の曲と入れ替わることなどありえないのだ。

「はあー、そうですねえ……」

ここでしっかりしないと、これから先、教えていただけばいただくほど、覚えやすいけ

ど混乱する可能性がある。ちょっと唄《うた》をないがしろにしていた自分を反省した。たしかにきちんと唄を唄うのは難しいのだが、会のためだとか、三味線を覚えるための手段としか考えていなかった。こんなもんでいいだろうと甘くみていた部分もある。

「でもご熱心で結構よ。他の曲に入っちゃうということは、他の曲を覚えているっていうことですからね」

先生はそう慰めて下さった。先生はもちろん芸には厳しいけれども、とても優しいのである。

「ありがとうございます」

私は先生と吉田兄弟を心のささえに、これからも三味線を続けていこうと決めたのであった。

半年

秋口から冬にかけて、大きな会が盛んに行われる。兄弟子、姉弟子たちはそういった会の舞台に参加なさっている。控えの間でお稽古している曲を聴いていると、新しいものを出すというよりも、自分の好きなもの、得意なものを何度もおさらいし直しているようだ。それだけ、

「これで完璧《かんぺき》」

ということがないのだろう。十年前に習っても、あらためて唄ったり弾いたりすると、また違う趣が出てくる。私にはそんなもんがあるわけないので、ただ先生に教えていただいた通り、お稽古するだけである。

先生は唄に関しては、その季節に合ったものと、季節がないものとを織り交ぜて、三味線は覚えた唄のなかから、技術的に見合ったものを教えて下さる。

「季節にはぴったりなんだけど、ちょっと難しいからねえ。どうかしら」

と途中まで弾いてみせて下さるのだが、複雑な手の動きを見るなり、

「それはちょっと……後にします」

と即座に辞退するはめになる。三味線の持ち方もわからず、全然違う糸を弾いては、

「ひえーっ」

と身を縮め続けて半年、なんとか五曲のレパートリーができた。そのときは、

「よし、やった」

と思うのであるが、次の曲を覚えているうちに、だんだん記憶が遠のいてきて、家でさらっているときも、

「えーと、何だっけ」

とあわてて楽譜を見る始末である。そればかりではなく、お稽古をしていただいた直後に、旋律をころっと忘れるようになった。

先生のお宅から家に帰るのに、四十分近く電車に乗る。前はお稽古のテープを聴いて復習していたのだが、帰り道もお稽古の緊張が解けず、頭の中がいっぱいになってしまうので、電車の中で聴くのはやめにした。ところが家に帰ると、ところどころはうっすらと覚えているものの、頭の中はほとんど真っ白になっている。得意の、

「えーと、何だっけ」

状態になってしまう。テープを聴くと、

「ああ、そうだった」

と思い出すのだが、きっと帰るまでに電車の揺れに合わせて、耳の穴からぼろぼろと音符がこぼれでてしまっているに違いない。かといってお稽古で三十分集中して、帰り道でまたそれをひきずるのは、ちょっと辛《つら》いところがあった。唄が十五分、三味線が十五分なのに、お稽古が終わると、

「ふー」

とため息が出る。しんどいとか、いやだということでは全然ないのだが、先生と一対一で対峙《たいじ》するのは、とても緊張する。どうせテープをとっているのだから、あとで聴き直せばいいと思わなかったわけでもない。でもお稽古に気を抜くと、テープを聴いてもどうもぴんとこない。テープはあくまで補助的なものと思わないと、頭の中に入っていかないのである。やはり和物のお稽古は、その場の緊張感が勝負なのだろう。

「昔はテープはありませんからね。お稽古は、曲を三度繰り返しておしまいなんですよ。本当に困ったわ」

そう先生はおっしゃった。小唄といっても短いものから長いものまであるのだが、お師匠さんが疲れない限り、一曲は一曲として、最初から最後まで中断しないで三度弾いて終わりだという。もちろん先生は六歳のころから三味線を習い、芸者さんになって毎日、お座敷で弾いていたので、私のような何の素養もないド素人ではない。それでも大変だった

とおっしゃる。

「なかにはね、勘所《かんどころ》を隠すようにして弾くお師匠さんもいてね、苦労しましたよ。耳だけが頼りだったわねえ」

長い曲はどうしても覚えられず、

「唄に入る前の前弾きの部分だけでも、もう一度、弾いていただけませんか」

とお願いしても、

「何いってるの、わかるでしょ」

と取り合ってくれないときも多かった。すべてが師匠の気分次第といったところなのだろうか。

「はっきりいってね、一度聴いたって、何が何だかわからないの。二度目でところどころが頭に残って、三度目で何となく曲の感じがわかるっていう具合なのよね」

ただ旋律を覚えるだけなら、何度か聴いて覚えるかもしれないが、それだけではなく、ハジキだのスクイなどもある。旋律と一緒にそれも覚えなければならない。私はお稽古《けいこ》のときに、同じ音でハジキとスクイが出てくると、すかさず、

「ここはスクイですね」

とちゃっかり録音してしまうのだが、昔だったらそうもいかない。すべて目と耳を全開にして覚えなくてはならない。それだけ芸事は厳しかったのだ。

「今は楽ですねえ」

私はため息をついた。はじめて半年だが、テープのおかげで五曲も覚えられたのは間違いない。昔ながらのお稽古だったら、一、二曲がいいところだろう。

「そうねえ、でも今は三味線の手ほどきをするお師匠さん方も少なくなったから」

「どうしてですか」

「うーん、はっきりいっちゃうと、面倒くさいのよね」

そういって先生はにっこり笑った。その通りだ。弾ける弾けない以前に、三味線がちゃんと持てるようになることすら本当に難しかったから。

「前にね、手ほどきのご年配の男性がいらしたんだけど、調子を合わせて三味線をお渡ししたら、裏表を逆に持っちゃって、『あっ、先生、糸がありません』っていうのよ。『あなた、お稽古で何度か三味線持ったんだから、そのくらいわかるでしょ』って大笑いしたんだけど、いやになっちゃったわ」

たしかに三味線の胴の裏側も表と同じように皮が張ってあるが、よっぽど彼は緊張しまくっていたのだろう。

「どうしても弾けない方がいるとね、私がその方の後ろにまわって、曲の通りに勘所を押さえるの。そしてその方には、はい一の糸、二の糸といいながら、弾いてもらうのね。そうやってひとつひとつやっていくの。ああ、これで覚えてくれたかなと思うと、最初のほうを全部忘れちゃったりしてて、またやり直しでしょう。いつまでたっても先に進まないから、こっちの血圧が上がっちゃって」

習うほうより教えるほうが何倍も大変なのは想像できる。できないものをできるようにするほうがどれだけ大変なことか。

「そんな思いまでして、やっと弾けるようになったのに、やめちゃう人が多いのよね。もうがっくりきちゃう。だから、やめないでね。もったいないから」

うまく弾けないと、いやになって途中でやめてしまう人がこれまでにも、何人もいたという。手ほどきの方には、全く楽器を弾いたことがない人もいる。そういう人が習うのは本当に大変だ。私はまだピアノを習っていた経験があるから、曲もフレーズで覚えることができるが、一音一音覚えていったら、いったいどれくらい日数がかかるかわからない。

「何であっても楽器をやった経験がある方はやはり覚えるのが早いんですけどね。でもそういう方ばかりじゃないから、手ほどきをするのは大変なんですよ」

お師匠さん方もご年配になったら、そうそうしんどいお稽古はできないだろう。

「だからね、何とか五曲、弾けるようになったんだから、絶対にやめないでね」

先生は何度も繰り返した。

「私はやめるつもりはありませんから」

好きで三味線をはじめたので、どんなに辛くてもやめるつもりはないが、人には楽器と

の相性もあるから、

「好きでやってみたけど、うまくいかない」

という人もいるはずだ。やる気が失《う》せてしまった事をやり続けるのはとても辛いが、教える側としたら、

「心を決めてお稽古に来たのに、どうして」

となるのだろう。

全く弾けない状態から、五曲のレパートリーが持てたのは、先生に感謝しなければならないのだが、

「いつでも習った曲は弾けますよ」

と胸は張れない。

「えーと、何だっけ」

がいつもちらつくあやふやな状態である。テープがなければスムーズに曲が覚えられないし、おまけにまだ私の三味線には譜尺がついているのだ。まだ譜尺がついているうちは、自転車の補助輪がついているようなものだ。小学生のときに自転車に乗る練習をしていて、補助輪をつけているうちは、

「まだまだ私は一人前じゃない」

と感じたものだった。それがいやで補助輪つきにはひと月くらいしか乗らず、無理矢理

に補助輪なしで乗る暴挙に出て、何度もドブにはまったけれども、何とか乗れるようになった。たまに譜尺を剝《は》がそうかと思うこともあるのだが、まだその勇気がでない。自転車は失敗してもドブにはまる程度で済むけれども、今、三味線の譜尺を剝がすと、心のよりどころがなくなってしまう。まだまだ勘所を完璧《かんぺき》に体で覚えきっていないし、この不安定な状態で剝がしたとなると、半年の努力がまた元に戻ってしまいそうだった。でもいつまでも、補助輪をつけているわけにはいかない。

「一年たったら、絶対に譜尺を剝がそう。それまでに勘所をきちっと覚えること」

これまで何の目標もなく、四十数年を生きてきた私ではあるが、はじめて確固たる目標をたてたのである。

一年

もしかしたら忘年会と新年会をするかもしれないと、先生からいわれていたので、

「あの緊張する場が、またやってくるのか」

とびびっていたが、大きな会が続いたこともあって、それは両方ともなしになった。会は勉強になるけれど、いちおうはほっとした。年が明けるとあっという間に春になり、仕事をし、三味線のお稽古に通っているうちに、一年目の終わりがもう目の前に迫ってきていた。

「短いようで長かった。長いようで短かったのう」

まるで人生をふりかえるじいさんのように、つぶやいた。三味線すら持ったことがない私がお稽古に通い、教えていただいた曲は九曲になっていた。思うように左手が動かずに、頭を抱えた日々。やっと左手の手指が動くようになると、今度は右手が、ぜーんぜん違う糸を、

「ずーん」

と弾く。お稽古《けいこ》帰りによれよれになっていたあの日のことが、何年も前のことのように思い出される。

多少図々《ずうずう》しくもなってきたのか、唄《うた》を唄いながら汗が噴き出してくることもなくなり、手が汗まみれになってすべりが悪くなり、左手がぎこぎこと棹《さお》を移動することもなくなった。相変わらず克服できないのは、足のしびれである。でも前よりはしびれる度合いが少なくなったので、体も多少は慣れたのだろう。中年になってからの習い事だったから、最初はいったいどうなることやらと不安になったことは何度もある。はじめて三か月たったとき、どうにもこうにも三味線がうまくいかないので、本気でやめるなら今のうちかもと真剣に悩んだこともあった。

「別にプロになるわけじゃないんだし、自分のペースでやればいいんだ」

と思ったら楽になり、教えていただいたことだけ、次の週のお稽古日までにできるようになろうと、それだけを考えて、日々練習してきた。

「やめなくてよかった」

もしも三か月でやめていたら、私は三味線と縁が切れていただろう。若かったら、

「もういいや、面倒くさい」

とやめてしまったかもしれないが、中年になって短気な私も少しは気が長くなった。

二〇〇一年の四月の終わり、来月からお稽古は二年目を迎える。五月のお稽古がはじまる前に、私はやるべき儀式があった。三味線の譜尺を剝がさなければならないのである。おごそかに三味線を取り出し、

「うーむ」

とうなりながら眺めた。本当に何もわからなかったのに、一年間で九曲マスターできたのは、先生のご指導と譜尺のおかげであるのは間違いない。そのありがたーい譜尺と、とうとうお別れしなければならないのだ。

「うーむ」

私は何度もうなった。剝がさなければならないのだという思いと、剝がしたら全く弾けなくなるのではという不安がいりまじり、ただ、

「うーむ」

とうなるしかなかった。

試しに目をつぶって三味線を弾いてみた。これで弾けたら譜尺は必要ないということになる。ところがマスターしたはずの曲を弾いてみても、勘所《かんどころ》にぴたっと指がいかず、中途半端な妙な音ばかりが出る。

「うーむ」

「うーむ」の連発である。

「弾けないじゃないか……」

いかに譜尺に頼っていたかがわかった。二、三度、目をつぶって弾いてみたが、結果は同じで、一気に暗くなった。

「こんな状態で剝がしていいんだろうか。せっかく覚えた曲も弾けなくなってしまう」

三味線を目の前に置き、私はしばし悩んだ。この三味線をはじめて手にして編集者と会い、暗がりでこれを見た彼女に、

「螺鈿《らでん》細工ですか」

と間違われた譜尺。丸の中に数字が書かれて勘所を教えてくれた。

「剝がすの、やめちゃおうかな」

譜尺をさすりながら、こずるいことをちらっと考えたが、ぶんぶんと頭を横に振り、

「一年で剝がすと決めたんだから、剝がすといったら剝がすのだ！」

と腹を括《くく》った。この状態は補助輪つきの自転車なのだ。大人に一歩踏み出すためには、ドブに何度転がり落ちても、二輪で走らなくてはならない。

「よしっ、やるぞ！」

私は爪の先で譜尺の端をつまんだ。

「よしっ。だあああ」

気合いと共に譜尺を一気に剝がした。ばりばりっと音がして見事に譜尺は棹から離れた。

右手には譜尺が丸まっていた。そのとたん、ものすごい後悔に襲われ、試しに棹にこすりつけてみたが、一度剝がした譜尺は二度とくっついてはくれなかった。

「三味線とはこういうものなのだ。いつかはこういう日が来るんだから」

譜尺をゴミ箱に捨てて、やっと踏ん切りがついた。しかし何度練習しても、譜尺がついていたときのように、勘所にぴたっと指がいかない。補助輪を取ったら、のっけからドブに落ちまくりである。一年間努力したのに、半年分戻ってしまったような虚《むな》しい気持ちになった。

五月に入って最初のお稽古の日、先生に、

「丸一年たちました。これからもよろしくお願いいたします」

とお礼かたがたご挨拶《あいさつ》をした。

「まあ、そうでしたか。それはそれは。こちらこそよろしくお願いします。一年間、よくがんばったわねえ」

先生はにこにこしている。

「それで、あの、わたくし、譜尺を剝がしましたっ！」

だんだん自分でも声が大きくなったのがわかった。

「んまあ、本当？　それはいいことよ。いつまでもつけているもんじゃありませんからね。よかった、よかった。いつまでも譜尺がついてるとかえって目障りになりますからね」

先生は満足そうであった。

「でも、あの、試しにそれで弾いてみたんですが……。勘所にちゃんと指がいかないんです」

「あらー」

今度はこりゃ大変という顔になった。

「どういう曲なのか、手はわかってるんでしょ。それだったらあとは練習するしかないわねえ」

「はあ」

そう返事をしたものの、譜尺を剝《は》がしちゃったので、頼りになるのは自分の耳だけである。

「それではこちらでお稽古する三味線も、譜尺がないのにしましょうね」

とうとう三味線も子供モードではなく大人モードになってきた。先生の前でも譜尺なしの三味線を弾かなくてはならなくなった。譜尺を頼りにしていたときは、ちゃんと曲になっていたのに、剝がしたとたんにとんでもない音ばかり出して、あまりのひどさに卒倒してしまうのではないだろうか。どきどきしながら唄のお稽古を終え、三味線のお稽古に入ると、先生は、

「新しい曲に入りましょう」

と季節にふさわしい「ぬれて見たさ」を選んだ。この曲はツバメが柳の下をすいっと飛んでいくという、とてもいい曲なのである。

「調子は三下がりね」

（げっ）

思わずつんのめりそうになった。本調子ですら勘所があぶないのに、譜尺を剝がしたとたん、不慣れな三下がりの曲になるとは。先生がお手本で弾いて下さっている間、

（三下がりは三の糸が一音下がるから、基本の勘所の4の部分がレになるわけだわね）

と必死に頭の中で考えた。三味線の棹には継ぎ目が二か所あるのだが、そのうちの天神《てんじん》に近いほうにある継ぎ目がちょうど4の勘所にあたる。私は必死に横目で継ぎ目の筋を確認して、胸をどきどきさせながら弾いてみた。頭ではわかっているはずなのに、手が動かない。音は取れるけれども、つい慣れている本調子の勘所を弾いてしまい、一音低い音ばかりを出してしまう。そのうえ微妙に勘所が違っているので、何とも不思議な旋律になってしまった。こめかみから汗を垂らしながら、あせっている私を見て、先生は、

「うーん、全体的に一センチ、勘所がずれてるわね」

とおっしゃった。音の低いほうだったら一センチは微妙なずれであるが、音の高いほうは一センチというと、まったく違う音になる。つまり見事に勘所が狂っている状態なのであった。

「どうしましょう」

両手のひらから汗がにじみだしてくる。

「練習するしかないわねえ。三味線はどんなに調子を合わせても、微妙に音が狂ってきますからね。ゆるんで低くなるばかりじゃなくて、きゅっと締まって音が高くなることもあるんですよ。そのときに勘所ばかりにとらわれていると、違う音になるでしょう。勘所じゃなくて、耳で音を取るのよ。ちょっと糸の調子が狂ったなと思ったら、勘所をちょっとずらして正しい音を弾くの。だから大切なのは勘所じゃなくて耳なのよ」

ますますえらいことになってきた。私の耳はちゃんと作動してくれるのだろうか。不安を山のように抱え、私は家に帰ってすぐ綿棒を出して、丁寧に耳掃除をしたのであった。

譜尺を剝がす

譜尺を剝がしたのはいいが、相変わらず勘所《かんどころ》にはぴたっと指がいかない日々は続いた。弾きはじめはまだ基本の4の勘所に指がいくのだが、弾いているうちにどんどんずれていって、曲の終わりのほうでは4の勘所すら、ちゃんと押さえられない始末だ。譜尺を剝がしたということは、左手を見る必要がないということでもある。棹《さお》が前に出ないため、横目でちらちら見ないためにそうしたのに、ちゃんと勘所が押さえられるかどうか、前より余計に気になって、目の玉が左はしにいったまま動かない。

「こんなことじゃだめじゃないか！　何のために剝がしたんだ！」

気合いとは裏腹に、指は思い通りに動いてくれない。

剝がす前、先生は、

「ちゃんと弾けるようになっているから大丈夫よ」

とおっしゃったが、実はそうではなかった。明らかに譜尺を剝がす前より下手くそになった。譜尺を頼りに弾いていたから、音がはずれないのは当たり前だったが、それにしても剝がした後の音のはずしかたはひどい。一年間、仕事をしない日はあっても、三味線を弾かない日はなかった。とにかくせっかくお稽古《けいこ》をはじめたのだから、何とか弾けるようにとがんばってきたのに、譜尺を剝がしたとたんにこのざまだ。

「がっくりしました……」

一年間の練習が水の泡になったような気分だった。

「剝がしたとたんにすいすい弾けませんよ。私だって勘所にぴたっと指はいきませんからねえ」

「でも先生、全然、違う音は出さないですよね」

上目遣いの訴える目つきになって、私はちょっといじけた。

「それはそうねえ。大きく違っても五ミリくらいかしら。いちおうプロですから。はっはっは」

六歳から七十年近く三味線を弾いている先生に、そういうことを聞くこと自体、間違っていた。だいたい私なんぞ、ひどいときには五センチも勘所が狂ってしまう。

「どうしましょう」

と涙目で訴えられても、訴えられたほうが困るというものだ。

「とにかくさらうしかないわねえ」

ため息をつきながら先生はおっしゃった。

「でもいいですか。週に一度のお稽古で、たった一年しかやってないんですよ。回数でいったら五十回、時間でいったらお稽古は二十五時間しかやってないの。あなたはピアノをやっていらしたから、覚えが早かったけれど、そうでない方は、本当に調子三年っていうんですよ」

「はあ……」

「だから自信を持って。それとおさらいはとても大切よ。短い時間でも毎日ね」

「はあ……」

「覚えられない方は一小節ずつやっていくことになるんだけど、そうなるとやはり時間はかかりますね。でもあなたは一度のお稽古で、区切りのいいところまでちゃんと覚えられるから、進みが早いのよ」

「覚えるのは早いかもしれませんが、忘れるのも早いんですけど……」

「あらー」

本当に忘れるのも早いのである。あれだけ苦労して覚えたのに、どうしてこんなに簡単に忘れるのだろうかと、我ながら呆《あき》れるばかりだ。半年から三か月前に教えていただいた曲をいちばん忘れている。最初のころは緊張していたからか、忘れている曲はないのだが、中程の時期の曲のあちらこちらがおぼつかない。

「偉い先生がおっしゃってましたけどね、忘れるということはいいことらしいですよ。忘れないとね、次が入らないんですって」

先生は気を遣って下さる。

「はあ……。でも忘れるばっかりで次が入らなくなったらどうしましょう」

譜尺を剝《は》がしてから、出るのは愚痴ばかりである。

「それは困るわねえ。それはちょっと私の管轄外だわ」

先生は笑った。

「そうならないように、おさらいします……」

私には小声でいうことしかできなかった。

補助輪つきではない、大人の三味線を手にして、私の技術は逆戻りしていた。いや逆戻りというよりも、実はそこまで到達していなかったといったほうがいい。譜尺を貼っていたときは音も狂わずに、すらすら弾けた曲が、ものすごく気持ちの悪い旋律の曲になってしまう。とにかくおさらいしかないので、毎日、毎日、弾いた。ところがいつまでたっても指が勘所を覚えてくれない。

「だあああ！　こんなにやってるのに、どうしてできないんだ！」

と手にした三味線を部屋の隅めがけて放り投げそうになるのを必死にこらえ、また持ち直す。

「うーむ」

鼻息荒く三味線を手にしていても、妙に興奮していておさらいにならない。

「今日はやめた」

三味線をつや布巾《ぶきん》で拭《ふ》いて袋に戻す。棹や糸に手の脂がついたままだと音が鈍るので、必ず弾く前と後に拭かなければいけないのだ。いくら頭に血が上っていても、やるべきことはやらなければならない。

「また明日から気を取り直してやろう」

そう思うものの、現実は一進一退で、なかなかままならないのだった。

そんな傷心の日々のなか、小唄《こうた》の松峰照《まつみねてる》ひさ先生一門との合同の会、「春峰会」が九月の頭に開かれると決まった。総勢三十名ほどの親睦《しんぼく》会で、うちの会はみなお揃いの浴衣《ゆかた》で参加する。

「今年はお三味線を弾いていただくわよ」

先生にいわれて、ぎょっとした。

「えっ？　でも、あの、まだ、あの、その、勘所がでですね……」

「本番で弾くのはまだ無理ですから、捨て番だったらいいでしょう。ね、弾けますよ。でも無理強いはできないからねえ。あちらの会の方もいらっしゃるけど、まあ、親睦の会ですから」

「でも無様なことはできませんよね」

ついつい小声になる。

「それはそうです！」

先生はきっぱりとおっしゃった。私がへまをしたら、まず先生に恥をかかせることになる。それはとてもじゃないけどできない。

「プログラムを作る予定がありますから、なるべく早く曲を決めていただきたいんだけど、何がいいかしらねえ」

「はあ……」

「これだったら大丈夫っていうものがいいわね」

私はしばらく考えた。

「そういうものはありません……」

蚊の鳴くような声しか出てこない。

「ないことはないでしょう。あれだけ弾けるのに」

「いえ、あの、弾けるというのは譜尺があったからで……。剝がしちゃった今は……。譜尺がついた三味線で、人前で弾くっていうのはまずいですよね」

「それはちょっとねえ」

譜尺がついた三味線で弾くくらいなら、最初っから人前に出るなということである。芸

事としてもっともである。私が悩んでいるのを見た先生は、

「嫌ならいいのよ。無理にとはいわないから」

という。自信はないけれども、これも勉強である。今はだめでもあと二か月の間に、できるだけおさらいをして自分なりにベストの状態にもっていければいいのだ。

「やらせていただきます！」

それを聞いた先生は、にっこりと笑って、

「そうね、やりましょうね。どれがいいかしらねえ。これならば大丈夫っていうものよ」

（ですから、そういうものはないので……）

やるっていっちゃったと、ちょっと後悔しながら、どの曲がいいかと考えた。頭に浮かんだのは最初に教えていただいた「水の出花」だった。まだ三曲くらいしか弾けないころ、習っている曲だけではなく、いちばん最初の「水の出花」から、二曲目、三曲目と毎日さらっていたので、曲としてはいちばん弾いていたからだった。

「それはいいわね。いちばん最初に習ったからといって、簡単だというわけではないですからね。そうしましょう、ああ、よかった」

先生は生徒に人前で弾く場を持たせたかったのだなと思った。先生にとっても胸がどきどきするようなことなのかもしれないが、「かわいい子には旅をさせよ」というお考えだったのだろう。何事も経験なのだ。唄を唄ってくれるのは、私たちの半年後に入った、私

より も少し年上の奥様である。彼女は初心者なのにもかかわらず、声がとてもきれいで、雰囲気がとてもいい感じなのだ。

「会が近づいたら、二人で合わせましょうね。それまでよくおさらいしておいて下さい」

自分一人だけならともかく、先生にも彼女にも恥をかかせるわけにはいかない。いちばん最初に教えていただいた曲で、最も数多くさらっているというのに、音が飛ぶ部分になると見事に勘所《かんどころ》をはずす。だいたいそういうところが三味線の聞かせどころなので、みっともないことこの上ない。自分のお稽古《けいこ》三味線だったら、わかんないようにちゃっかり印をつけちゃうこともできるが、会では三味線をお借りする。だから本当に体で覚えておかないと、とんでもないことになる。そして残酷にも音合わせの日は近づいてくるのだった。

切れた糸

うなり続けているうちに、音合わせの日がやってきた。といっても週に一度のお稽古の日にやるので、「春峰会」の本番まで三回ほどしかできない。いざやってみたら、いかに自分勝手に弾いていたかが身にしみてわかった。三味線は唄の伴奏であることと、唄との間をことごとく忘れていた。新しい曲を習うたびに、文化譜に譜を書き起こしていたが、そこには唄の文句は書いていなかった。何とかなると思っていたからである。しかし実際に弾いてみると、ぜーんぜん、何とかならなかった。最初っから最後まで、ずーっと伴奏として弾き続けるわけではなく、唄を唄っている何小節かの間、弾かないで待っていたり、一呼吸の間を置いて弾きはじめることもある。それが私の文化譜では、ただずらずらと譜を書き連ねていただけで、微妙な間や唄の文句を一切、書き込んでいなかった。そんなことは当然、頭の中に入っているはずだったのである。

ほとんど唄方《うたかた》を無視して、ずんずん弾き続け、

「早い！　そこは『思い……』っていう文句を待ってから弾き出さなくちゃ」

と先生に注意された。曲の旋律ばかり頭に入っていて、唄を習ったはずなのに、両方の間合いを忘れている。

（こ、こんなことでうまくいくんだろうか）

私は座布団の上で身を縮こまらせ、

「どうもすみません」

と唄方の奥様に謝った。

「いいえ」

彼女はにっこり笑ってくれた。

「よく唄を聞いて。はい、もう一度」

会の前になると先生はとても厳しくなる。他の流派の方々も一緒だから、恥ずかしくない物を出さなければと思われるのは当然だ。

「ほら、唄の出だしが遅れてますよ。この曲は『盛込み』だから、チントンシャンのシャンを待たないで唄いはじめるの。チントン、『水の……』って出ないと」

「どうもすみません」

今度は彼女に謝られた。

「いいえ、とんでもないです」

「三味線、ちょっと勘所がずれてますよ。ほら、お唄はチチチンを待ってから」

双方イエローカードの連発である。いつ退場！といわれるかと、どきどきしてくる。

「どうもすみませんっ」

お互いにぺこぺこと謝りっぱなしだ。

「うーん、いまひとつだわねえ。はい、もう一度」

先生は漆塗りの座卓の上に左手をのせて拍子を取りながら、

「チントン、水の……」

と三味線と唄の両方を口ずさみはじめた。私の体はがっちがちにこわばってしまい、両肩がいかっているのがわかる。三十分で何回合わせただろうか。何とか先生に指摘されたところをクリアできた。

「今のでいいですよ。よくできました。これで最後。本番のつもりでね」

思わず先生の拍子に合わせて、弾きながら首が上下に動いてしまう。

（チチチンは思いを聞いてから、チチチンは思いを聞いてから）

腹の中でぶつぶついいながら、粗《そ》相《そう》がないように集中するのだが、チチチンが終わるとまた次に注意されたところがやってくる。

（えーと何だっけ、何だっけ）

チチチンに気をとられすぎて、他の注意を忘れてしまい、わけがわからないまま弾き終わった。

「はい、結構でしたよ。もうわかったわね。その調子で本番もやって下さいね」

記憶にはないが、何とか無事に弾けたらしい。私たちは、

「ありがとうございました」

と先生に頭を下げ、まるで申し合わせたみたいに、

「はー」

と深くため息をついた。

「あっはっは」

先生は大笑いした。

「どうしたの、そんなに疲れちゃった？」

「疲れたっていうわけじゃないんですけど、むちゃくちゃ緊張しました」

弾いているときに出るのは冷や汗だが、終わると熱い汗がどっと出てくる。

「人前で弾くっていうのは、場所が広いから上がる、狭いから上がらないっていうわけじゃないんですよ。これぱっかりは不思議なもんでね。でもそれだけできれば大丈夫。舞台の前に私が座って、ちゃんと見ててあげますから」

「はあ」

私たちは不安そうに返事をした後、

「すみませんでした」

とまたお互いに頭を下げて謝った。

翌週、急に唄方の都合が悪くなり、音合わせができなくなった。

「大丈夫よ」

先生はけろっとしている。

「だって先週、ちゃんとできてたもの。あのままできれば問題ないですよ」

「できれば、ですね」

「そう、できればね、あっはっは」

唄方の奥様は音程も確かだし、間も悪くないので私はとても助かった。これで間も悪く音程も悪い人の唄だったら、こっちもちゃんと弾けないから、何をよりどころにしていいやら見当がつかない。

「やっぱり唄はちゃんと唄ってもらわなくちゃねえ」

三味線の伴奏をしてはじめてわかったわと思いつつ、家に帰ってお稽古のテープを聞いたら、私の唄は見事に間が悪くなっていることが判明した。

「ひえーっ」

穴があったら入りたかった。

「ひどいっ」

まさに間が抜けてるとはこのことだ。はじめて邦楽に触れてとまどったのは、洋楽のように休符がきっちりと、楽譜の上に書き表し難《にく》いことだった。文化譜の手引書を見ると、休符の書き方も載っているが、実際に唄ったり三味線を弾いてみると、何分休符かと考えるより、「ヨッ」とか「ヨーイ」というかけ声で間を合わせるほうが、ずっと楽なのである。邦楽は呼吸法に通じている。

「息が合うっていう言葉もあるしなあ」

やればやるほど、どんどん奥が深くなり、そのたびに「はあ」「ほお」と感心することばかりだった。

「春峰会」までに、これでもかというほど三味線をさらっておかなくてはならない。しかし私にはひとつの心配事があった。うちの三味線の三の糸の、いちばんよく使う4の勘所《かんどころ》の部分が毛羽《けば》立《だ》ってきたのである。

「うーん、嫌な予感……」

三味線の糸は絹なので、切れるのは当たり前なのだが、とにかくちゃんと替えられるかどうか不安だ。お稽古《けいこ》三味線とはいえ大切な楽器なので、壊しちゃ大変と、宝物を扱うようにしてきた。分けようと思えば三つに分解できるのだが、あまりに恐ろしくてそんなことはできない。変に手を出して家でおさらいができなくなると、本当に困る。ところが糸が切れたら、お稽古もできない。どっちにしろ三味線のパーツをいじらないといけなくなるのだ。もちろん調子を合わせるときは、糸巻きを締めたり緩めたりするけれども、それでも壊しちゃいけないと、おそるおそるやっている。そんなにやわなものではないと思う反面、何かの拍子に壊しそうな気もする。

「やだなあ、切れそうだなあ」

考えてみれば、一年以上使っているのだから、糸も弱くなっているはずだ。

「おさらい会まで、切れませんように」

と祈った矢先に、見事にぶちっと糸は切れた。三の糸を弾いたとたんに切れた。

「ぐ、ぐぐう」

もう心臓はどきどきだ。湿気《しけ》ないように小さな桐箱に入れてある買い置きの三の糸を取り出した。まず切れた糸を取り外す。そして新しい糸を三味線の下部にある、根緒《ねお》という絹糸の組み紐《くひも》の輪になったところに結びつける。ただ結ぶのではなく、根緒の輪の中に糸を通して輪を作り、投げ縄の要領で根緒の輪全体を締める。そして糸巻きのほうは先に穴が開いていて、そこに糸を通して結び、巻き付ける。まず根緒に糸を結びつけた。そして次は糸巻きである。穴に糸を通して結びつける。糸巻きのほうは調子を合わせるときに巻き上げるので、最初がきちっと結んであればあとは抜ける心配はない。

「ありゃ？」

呆然《ぼうぜん》とした。馬鹿丸出しとしかいいようがないのだが、私は糸巻きを棹《さお》の部分から外して糸を結びつけていた。糸は棹の上に平行に並ぶのだから、糸巻きを突っ込んだ状態で糸をつけなくてはならないのに、本体から抜いてつけてしまった。どうやって弾けというんじゃという状態になってしまったのである。

「私の知能は小学生以下だ……」

気が動転していたとはいいながら、あきれ果ててやり直し、調子を合わせようと糸巻きを回して糸を巻き上げたら、

「ぶちっ」

と音がして今度は根緒から糸が抜けた。大馬鹿をやって気が滅入《めい》り、ともかく糸はついてりゃいいや、早くおさらいだけはしなくちゃと、根緒に糸を細結びで結びつけるという暴挙にでた。そんなやり方でも新しい糸に替えるといい音がする。ちゃんとしたつけ方をすると、根緒から糸端が飛び出ないのだが、私の三味線は糸の端っこが、びろーんと十センチほど飛び出ている。かっこ悪いと思いながら、私は見て見ないふりをし、とりあえず目の前の会に向けて、日々おさらいに励んだのであった。

春峰会

三の糸を取り替えて、お稽古三味線の音もよくなり、多少は気分はましになったが、会が近づいてくるのは止められない。

「ねえ、もう、三の糸切れた？　私のは切れちゃったんだけど、うまくつけられなくて、根緒《ねお》のところを細結びで結んじゃった」

一緒に入門した若いKさんにいった。

「私なんかもうとっくに切れましたよ。取り替えるのに手間取って、糸巻きを本体にぐいぐい押し込んでいるうちに、折っちゃいました。はっはっは」

さすがに若者は大胆だ。

「そうだわ。いちいち気にしすぎる必要なんかないわ。三味線を触るたびに、おどおどしててどうする！」

と三味線に挑むような気持ちがわいてきた。

「春峰会」の当日、朝、起きてまずため息である。第一部の捨て番で三味線を弾き、第二部では「夏祭り」「こうもり」を唄《うた》う。「こうもり」は團十郎《だんじゅうろう》のお芝居と関係がある唄なので、それらしく唄わなきゃいけないと教えていただいたが、とってもそんなところまでいかない。あまりに三味線に意識がいきすぎて、唄を唄うことをころっと忘れ、こちらの練習はおろそかになってしまった。また自分で唄う曲を選んでおきながら、両方ともとても難しく、

「何でこの唄を選んじゃったんだろう」

と頭を抱えた。内輪のゆかたざらいと同じように唄の雰囲気を出すなんていうのはとうてい無理なので、ただ音と間をはずさないことを心がけるという、この期に及んでも非常に低いところに目標をおいていたのであった。もうここまできちゃってるのだから、腹を括《くく》らなくちゃしょうがないと思うのであるが、三味線の場合は相手があることなので、失礼があってはいけない。私のほうが彼女よりも少し先輩なので、後輩に迷惑をかけるのは避けたいのである。

「あーあ、でも変な音を出しちゃったりしたらどうしよう」

朝食を食べた後、皿を洗っていてもそんなことばかり考える。

「あーあ」

お揃いの浴衣《ゆかた》に着替え、紗献上《しゃけんじょう》の名古屋帯を締めている間も、出るのはため息ばかりだ。

「ま、やるしかないんだからな」

そう思いきって家を出たはずなのに、午後、会場に着いたらまた緊張してきた。松峰先生の会の方々は、熱心におさらいをしていらっしゃる。

「あら－、うちもしたほうがいいかしら。どうしましょう」

先生はおっしゃったが、すでにおやつのバナナを食べはじめていた兄弟子が、

「まあ、いいんじゃないですか」

といったので、うちのほうは、

「ま、いいか」

という雰囲気になった。

「でもね、ほら、あなたがた。お三味線がはじめてでしょう。ちょっとさらっておいたほうがいいわよ」

先生のおっしゃるのももっともなので、部屋の隅っこでちょこちょこっとおさらいをした。注意されたところはお互いに何とかクリアしていたが、その通り赤い毛氈《もうせん》の上でできるかどうかが問題である。

「どうしましょう」

唄方の奥様は浴衣の胸元をさすっている。

「何とかなりますよ。でも私が何とかならなかったらすみません」

である。

と先に謝っておいた。
「あら、こちらこそ、ご迷惑をかけるかもしれないから……」
不安な気持ちを抱えているうちに、会ははじまった。もともと親睦《しんぼく》のための会で、うまくできない人を糾弾するための会ではないのだけれども、だからといって遊び半分でへまをやって許されるわけではない。やはりそれなりに真剣に取り組まなくてはいけないので
会がはじまる前にうちの先生が、
「三味線をはじめて一年過ぎたところですから、本当はみなさまの前でご披露できるまで
いっていないんですけど、こういっては失礼ですが練習を兼ねて弾かせていただきます」
拍手がわいた。
(みなさん、優しーい)
ますますちゃんとしなくてはと緊張する。捨て番の第一部の最初は、一緒に入門したK
さんが三味線、Iさんが唄方の「ぬれて見たさ」だ。二番目が私たちの「水の出花」であ
る。Kさんは調子が三下がりの勘所《かんどころ》をとるのが難しい曲を、無事にこなしている。先生は
舞台の斜め前に座り、唄のほうと三味線のほうと、間の合わせ方や三味線の手がスクイの
ときは手のひらを下から上に上げたり、まるで指揮者のようだ。
(たいしたもんだ)

Kさんの三味線を感心して聞いていた。聞いているうちに、

(「水の出花」を選んだのは間違いだったかも)

と後悔したりした。「水の出花」は小唄をやる人はほとんど知っている曲なので、勘所を間違えるともろにわかってしまう。

(うーむ、もっと有名じゃない曲にすればよかった)

などと姑息《こそく》なことを考えているうちに、私たちの番がまわってきた。赤い毛氈の上に座ると、視線がこちらに集まる。先生は舞台の斜め前に座り、体全体から、

「はいはい、大丈夫ですよ」

というオーラを発している。先生の、

「ヨッ」

というかけ声がかかって、

「チントンシャン」

である。もうチントンシャンがはじまったら、三味線を弾いている人は前を見るとか、格好のもんだといわれたことを、ころっと忘れ、とにかく勘所をはずさないように、必死に左手を見ていた。はっきりいって唄方の唄なんぞ、耳に全く入っていない。それどころかだんだん、指がわなわなと震えてきて、

(ひえー、どうしよう)

と冷や汗が出てきた。

(指が、指がわなわなする。ああ、これで間違えて糸を弾いたりしたら、とんでもないことになる)

同時に左手も右手の人差し指も見えないもんだから、とにかく人差し指が間違って隣の糸を弾きませんようにと願うばかりである。

何とか指をわなわなさせながらも、弾き終わった。

「よくできましたよ」

先生に褒めていただいたが、

「はあ」

と二人とも放心状態だった。

「あのう、私、あがっちゃって、全然、お三味線の音なんて聞いてなかったです。ごめんなさい」

奥様が謝った。

「いいえ、私も三味線に必死になって、唄は耳に入りませんでした。同じです」

二人で、

「ともかく無事に終わって、よかった、よかった」

と慰めあった。

一段落して、おやつのバナナである。

「うまい」

隣でKさんが、

「よっぽど脳が糖分を使ったんでしょうね」

といって笑う。

「うーん、あんまり脳は使ってない気がするんだけどね。何だかほっとしたらお腹がすいちゃって」

半分は本番が終わったときにと残しておいた。参加されているみなさんは、小唄をはじめて何十年という方々ばかりなので、うなってしまうくらいお上手だ。私なんぞまだまだひよこ本体までいかず、ひよこの尻《しり》の羽くらいのランクである。ずっと続けていたら、あのように唄ったり三味線を弾いたりできるようになるんだろうかと聞いているうちに、Kさんが、

「よし、行って来ます」

と気合いを入れた。その決心だけ聞いたら、とてもこれから小唄を唄うとは思えないくらいの気合いの入り方だった。

「行ってらっしゃーい」

呑気《のんき》にいってみたものの、プログラムを見たら次は私ではないか。

「おお、そうだったか」

Kさんを呑気に送り出している場合じゃない。そそくさと赤い毛氈の下手《しもて》で待機した。

彼女は「虫の音」「せかれ」を唄《うた》う。音もはずさずちゃんと唄っている。

（あーあ、難しい唄を選んじゃったなあ）

出るのは愚痴ばかりである。自分がこんなにふんぎりの悪い人間だとは思わなかった。三味線は先生が弾いて下さる。もうここまできたら唄うしかない。

ところが唄いはじめたら、「夏祭り」は下手ながらもなんとかなったが、次の「こうもり」になって、妙なことになった。なんだか変な風に音を伸ばしてしまい、習ったのと違う感じになってきたのである。

（うわ、やっちゃった）

何とか唄い終わった。

「申し訳ありませんでした」

謝っても先生は、

「大丈夫、大丈夫」

といつものように気を遣って下さるのだが、絶対に変な間だったと思う。でも終わっちゃえばこっちのもんだ。

「あー、終わった、終わった」

私は自分の席に戻り、残りのバナナをぱくっと口の中に入れて、へへっと笑った。

名前

二回目の会を終えると、最初は会なんていやだなと思っていたのに、

「たびたびはいやだけど、やっぱりこういう会は必要だ」

とより感じるようになった。本当はそうじゃいけないのかもしれないけど、人前でやるとなると、こっちの気合いも違う。何度も何度もさらうし、隅々まで神経を使う。それで舞台であの程度となると、もう、

「とほほ」

というしかないのだが、それでも舞台で唄ったもの、演奏したものは、きっちりと覚えている。普通にお稽古《けいこ》で習った曲とは全く違うのである。もしも会がなかったら、だらだらとしたまま、お稽古をしてさらって、いちおう上がったら次の曲をお稽古して、さらっての繰り返しだ。習った曲を全部、完璧《かんぺき》に覚えているかというとそうではない。細かいところをところどころ忘れているし、ひどいものになると、間が全く違っていたりする。唄

をお稽古しているときは唄しか頭にないし、三味線のお稽古のときは、三味線しか頭にない。それが会でやるとなると、両方に神経を使わなくてはいけないので、脳細胞が多少なりともふだんより活性化するらしい。それだったらば、いつも会でやるつもりで必死に覚えればいいのだが、とにかく楽なほうへ楽なほうへと流れる性格で、せっぱ詰まらないとやらないので、そううまくはいかないのである。ふだんのお稽古はお稽古としてあり、会のために集中して曲をさらい、終わって脱力し、またふだんのお稽古に戻るという、ローテーションになっている。私はまだまだ新参者なので、他の流派の方々とご一緒するのは、「春峰会」だけなのだが、やはり緊張して曲を覚えるのは必要だし、お稽古の区切りになるような気がした。

会が終わって気楽にお稽古を続けていたら、先生が、

「あの、お名前のことなんですけど」

とおっしゃる。

「もしもお名前を取るのであれば、つまりお名取さんですね。そのように手続きをいたしますけれど、どうなさいますか。それについてはお金も必要になりますから、こちらからは無理にお勧めはできないんですけれど」

名取をいただくとなると春日会の本部に行って、会長じきじきにお盃《さかずき》をいただく名取式が行われ、記念写真も撮影し、それ相応の儀式がある。式は年に二回しか行われないので、

今度の十一月を見送ると半年待たなければならなくなるという。

「えっ、名取ですか。この私が?」

思わず自分の顔を指さしてしまった。私が想像していた名取というのは、踊りにしても何にしても、お稽古をはじめて十年、二十年と精進し続け、それによっていただけるものだと思っていた。だいたいお稽古をはじめたときに、三味線は習いたいと思ったけれども、名取がどうのこうのということは、全く頭になかった。あまりに早いお話に、

「まだ自分でぜーんぜん上手にできるなんて思ってもいないのに、こんな私がそんなお名前なんかいただいてもいいんでしょうか」

とただただびっくりするばかりである。唄は二十五曲、そのうち三味線は十八曲教えていただいていたが、

「はい、やってみて」

といわれて、すべてを完璧に唄い、弾ける自信はない。だいたいまだ、唄い弾きは一曲もできないのだ。

「もちろん、早いことは早いんですよ。でもご熱心にやっていらっしゃるし、お三味線もはじめて人前でお弾きになったくらいですけど、これからお続けになるのだったら、よろしいんじゃないですか。唄い弾きは師範の試験なんですから、まだまだできなくてもしょうがないの」

本当はまだまだだけれども、先生は私が名取になってより精進するようにと、話を持ち出して下さったのだろう。

「先生のご厚意でお引き立ていただいてありがとうございます。私でよろしければよろしくお願いいたします。先生のご厚意に背《そむ》かないように、これからもがんばってお稽古を続けます」

と私にしては神妙に返事をした。

「ああ、そうですか。よかった、よかった。これからも続けてね、約束よ」

「当然です。名取の名前に恥じるようなことはできませんから」

「そうです！」

先生はきっぱりとおっしゃった。もしかしたら私の、暇があればだらだらっと脱力する性格を見抜かれ、ここで気合いをいれさせたほうがいいと思われたのかもしれない。

「名取になられますとね、周囲の目も違ってくるんですよ。大きな舞台にも出られるようになりますし。やはり責任が違いますからね」

「でもそれなりに唄も三味線もできないと、みっともないですよね」

「それはそうです！」

小唄は年配の方が多く、何十年もお稽古なさっている。いつまでも私は下っ端《したっぱ》なので、うまくできなくても、

「こんなもんでいいや」

で済ませていたふしがある。はじめたばかりだからと、甘えていたところもあるかもしれない。しかし名取となるとそうはいかない。名取になるのはそれぞれのお師匠さんにまかされていて、試験などはないけれども、私が下手なことをすると、先生に恥をかかせることになってしまう。

(まだ、習って二年目だしーっ)

と腹の中でいいながら、開き直って気楽にバナナを食っているわけにはいかないのである。私にとってはただただ驚きだったので、あっけにとられていると、先生はにっこり笑いながら、

「お名前、考えておいてね」

という。

「えっ、自分で考えるんですか」

「そうよ」

名取の名前はお師匠さんからいただくものだとばかり思っていた。

「わたくしの名前が春日とよせい吉(よし)ですので、『春日とよ吉』の下につけていただくことになるんですけどね。前に同じ名前を持っていらっしゃる方がいると、同じ字は使えません」

先生はこれまでの女性の名取さんの名前を教えて下さった。「栄」「詩華」「代」「香」の字は使えないので、それ以外の文字で考えることになる。

「なかには姓名判断でつけられた名前もあるんですよ。何も自分の名前に関係ある字をつけなくてはいけないっていうわけじゃないんですからね」

見せていただいた名前はみんなご本名とは関係ない文字ばかりである。

「わかりました。よく考えてみます」

「春日会の台帳にも載りますからね、よくお考えになって下さい」

お稽古が終わった私は、一緒にお稽古をはじめて、同じように名取のお話をいただいたKさんと連絡を取り合った。

「どうする?」

「うれしいけど、悩みますよね」

私たちは先生がつけてくれればいいのにと、また軟弱なことをいいながら、候補を持ち寄って懇談することにした。

「このたびはおめでとうございます」

次のお稽古のときに、姉弟子のSさんがそう声をかけて下さった。

「あ、ありがとうございます。未熟なのにお名前なんかいただいていいんでしょうか」

「早いほうがいいんですよ。先生がそれでよろしいとお認めになったんだから」

そういって下さった。Sさんは「とよ吉栄」というお名前で、理由をうかがったら、
「私に三味線をくれた人が、栄ちゃんていう人だから、その名前をつけちゃったの」
といわれた。妹さんのKさんの「とよ吉詩華」というお名前は、姓名判断でつけたとい
う。「群ようこ」は当時勤務していた会社の社長の、目黒考二さんがつけてくれたので、
とても楽ちんだったが、このたびはそうはいかない。音だけではなく字面《じづら》も考えなくては
ならない。
「いったいどういう字がいいのかなあ」
漢和辞典をめくる日々が続いた。見れば見るほどわからなくなってきたので、まず、音
で考えることにした。「春日とよ吉」の下につけておかしくなく、姉弟子とは重ならない
音は、「ほ」「み」「は」「の」「や」などである。漢字二文字という手もあるが、そうなる
と余計複雑になりそうだったので、一文字で決めようと思った。画数など一切無視で、音
と「吉」の字とのバランスがポイントだ。「穂」「帆」「甫」「巳」「実」「美」「葉」「波」
「乃」「弥」などが浮かび、書き出してじーっと眺めた。まず「や」は男っぽい印象になる
ので消した。そして最終的に残ったのは、「穂、実、美、葉、波、乃」の六つだった。K
さんは、
「赤ちゃんの名付け辞典まで買っちゃいました」
と意欲的なところをみせていた。私たちは候補の名前を持ち寄り、和食店で懇談会を持

った。お互いの名前リストを見て、イメージに合う名前を選んだ。私が選んだ彼女の名前は「吉駒」だった。元気がよくて乗馬好きなのでぴったりだ。

「群さんはこれですよ」

彼女は「吉葉」を指さした。

「なるほどーっ」

お互いに納得した。

「じゃあ、これで先生にお伺いをたててみましょう」

私たちはほっとして、野菜の煮物に手を伸ばした。

名取式

私たちは自分がつけた名取の名前を先生に見ていただいた。先生はにこにこしながら紙を眺めた。

「まあ、両方ともいいですねえ。吉駒さんは元気がよさそうだし、吉葉さんは売れっ子の美人芸者っていう感じね」

「すみません、名前負けで……」

私は体を縮こまらせた。

「名前、お決まりになったの？」

姉弟子に聞かれたのでお話しすると、

「あらいい名前。きれいな芸者さんみたい」

といわれた。

「あ、はあ、どうも。名前負けで……すみません」

みなさんに「きれいな芸者さんのような名前」といわれて、恥ずかしいことこの上ない。ついついあやまってしまう。

「そういえば、泰葉っていう人もいましたね」

私の隣でKさんは笑っていた。

名前は春日会の了承も得て、名取式に臨むことになった。正装で上野桜木町にある会の本部に集まり、お師匠さんごとに会場に呼ばれる。そして会長、師匠からお盃《さかずき》をいただき、記念写真を撮影するのだ。うちの師匠はもちろんのこと、会長をはじめ、いろいろとお世話をして下さった会の上のほうの方々もみなさんとても上品で素敵で、将来、あのような女性になりたいと憧《あこが》れるような方ばかりだった。私は粗相をしないようにと師匠の手順を横目で見ながら、いつになく緊張で妙に肩がいかってしまった。

事務の方から紙袋をいただき、それを持って春日会の春日とよ家元のお墓がある、本部近くの上野寛永寺《かんえいじ》に向かった。想像していたよりも、寛永寺はすこーんと見通しがよく、すかっとした空気が流れているような場所だった。

「これからもっと精進いたします」

と殊勝に手を合わせ、タクシーで師匠のお宅に戻ると、お祝いの御膳《ごぜん》が用意されていた。

「たいしたことができなくて、ごめんなさいね」

三味線を触ったことも持ったこともなかった私が、何とか曲を弾けるようになったのは、すべて師匠のおかげである。師匠には本当にここまでにしていただいて、足を向けて寝られない。

「盃を交わしたということは、師匠と弟子は親も同然、子も同然なんですよ。だからこれからもよろしくお願いします」

「こちらこそ、よろしくお願いいたします」

ずりずりと座布団から降りてお辞儀をした。

「いただいた物を確認して下さいね」

名取式の緊張でぼーっとしていて、中を何も確認しないまま、事務の方からいただいてしまったが、中を開けると名取の名前を書いた表札と免状、盃。序が谷崎潤一郎、吉井勇《よしいいさむ》、久保田万太郎という豪華ラインナップの家元の自伝。そしてかわいい小鯛《こだい》焼きが二尾入っていた。小学校で習っていたピアノは中途挫折《ざせつ》。エレクトーンも教師の免状をもらえる直前で挫折。とにかく教員免許も運転免許も、免状というものを何も持っていない私の、唯一のお免状なのである。

「なるほど」

桐箱に入れられ、和紙に墨で書かれた免状をしげしげと眺めた。

「あ、そうそう。お金を返さなくちゃ」

師匠はバッグの中からご祝儀袋を取り出し、

「みなさんからいただいた分が余ったの。よかったわ」

師匠があまりにうれしそうにいうので、思わず笑ってしまった。名取料や会長、師匠への御礼などは当然、必要な費用なのであるが、お世話になる他の方々、名取の台帳を記入、管理されている会の事務の方や、カメラマンにもいちおうご祝儀が必要なようだ。これが和物特有のしきたりなのだ。

「渡すのを忘れてないわよね。今さら忘れたっていっても、どうにもならないんだけど」

師匠は目を宙に浮かせて、何度かうなずいていたが、

「大丈夫、間違いなく差し上げたわ」

何だかご褒美をいただいた気分になった。

「お腹がすいたでしょう。このくらいのことしかできないけど、ごめんなさいね」

師匠は何度もそういったが、とてもおいしいお料理だった。本当に三味線もろくに持てなかった私を、ここまでにして下さったのは、親が子供をしつけるのと同じくらい大変なことだ。

（もう、感激で胸がいっぱいだわ）

と思いつつも、お腹がすいていたので、ぱくぱくときれいに料理は平らげてしまった。

一年半がたって、やっと、ぶちっ、ぶちっ、という鈍い音を出さなくなってきた。ピンポイントで押さえるコツを覚えてきたのだろう。最初は、

「どうして音が出ない」

と首をかしげていたハジキも、一日一善ならぬ一日一弾の成果が出たのか、

「ぶちっ」

という音はしなくなった。どうしてかと考えてみたが、まだ慣れないころは糸をピンポイントで押さえられず、指の肉で押さえてしまう。このまま弾いても出る音は鈍く、糸の押さえも不安定になる。また、はじいて音を出そうという意識が強くなって、ついつい力を入れてはじいてしまう。すると余計に糸の押さえが不安定になって、鈍い音しか出ないことになる。二段重ねでやってはいけないことをしていたのである。爪で棹《さお》に直角にピンポイントで押さえられれば、いい音が出るし、はじくときも力はいらない。むきになってはじく指に力を込め、音を出そうとしていたのが、そもそもの間違いだった。基本的にやるべきことをやっていれば、もっと早くおのずと道は開けたのだ。

とはいっても、らくらくと曲が弾けるわけではなく、相変わらず壁にぶつかり、それをどっこいしょと乗り越えたかと思ったら、また壁があるといった具合に、いつまでたっても思うようにはできない。音が飛ぶとき、次の勘所《かんどころ》にぴたっと指がいくのも、体で覚えているというよりも、うまく勘所を押さえられたら、ほとんどまぐれといった感じだ。特に高音部は勘所が一センチから二センチ間隔なので、いつまでたっても難しい。家でさらっているときに、まぐれでぴたっと勘所に指がいくと、今日は運がいいなあと目安になるく

らいだ。これでは名取として情けないのだが、これからずっとお稽古《けいこ》を続けていくことが、師匠に対しての恩返しなのだ。

物事は何でもそうなのだろうが、やればやるほど難しくなる。これまでは自分のなかで、妙な「ぶちっ」という音を出さず、間と勘所が合っていればよしとしていたが、これからはそうもいくまい。曲としてどう成り立たせるかが問題になってくる。三味線を習う前や習いたてのころは、CDを聴いても早弾きができるのがすごいことだと思っていた。もちろんテクニックがないとできないのだが、小唄《こうた》にはあまりそういう手は出てこない。ぽつん、ぽつんと音を弾いて、それで雰囲気を出すのもこれまた難しい。ただ弾いているだけでは余韻も何もない。弾かないところに何を感じさせるかが、弾き手の大切な部分である。そういうところがわからなかったので、三味線の早弾きを聴いては驚嘆していたが、自分がやってみると、譜面でいえばおたまじゃくしの数が少ない曲のほうがどれだけ難しいか。おたまじゃくしが密集している曲は、手さえ動けばそれなりに進んでいってくれる。悪くいえば技術さえあれば、勢いでごまかせる部分もある。しかしおたまじゃくしが少ないと、はっきりいって下手くそだと味もそっけもない。間と勘所が合っているだけではどうしようもないのだ。

「小唄はとにかく品がなくてはいけません」

師匠のお言葉を私は座りなおして聞いた。

「その次は色気です」

私のいちばん苦手なところである。たしかに男女の機微を唄うものが多く、唄の文句を読んで、

「ぐずぐずいってないで、さっさと別れちゃえばいいのに」

とすぐ考える私には、明らかに色気が欠けている。

「うーん、困りましたねえ」

当惑するばかりである。こればっかりはいくらお稽古をしてもどうにもならないし、そのためにこれから恋愛する気など全くない。

「ふふふ、大丈夫ですよ」

師匠は慰めて下さったが、実はどうにもならないんじゃないかと私は思っている。

「男女のああだこうだという唄って、苦手なんですけど」

私よりも二まわり年下のハンサムな若先生に相談すると、

「自分とは違う自分になれるのが、また面白いというか、楽しいんじゃないでしょうか。ぼくはそうなんですけどね」

とおっとりといった。さすがに若いころから芸の道に励んできた人は、若者といえどもいうことが違う。

「そうか、変身すればいいんだわ。自分がなりきればいいのね」

　実体験が乏しい私は、妄想の世界に入りこむほうが、はるかにたやすい。しかしそうなるには、唄の文句を理解する必要がある。

「三味線が弾けるようになるには、言葉を理解しなければいけない」

　唄を理解したその後に、三味線を弾いた風情が出てくる。

「うーむ」

　私が生きている間には、とてもじゃないけどそんなことはできないような気がしてきたのであった。

忘年会

十一月の名取式が終わり、あっという間に十二月の忘年会がやってきた。

「お三味線も弾いてね」

うちの会で、今、三味線を弾くのは、師匠と若先生を除いたら、姉弟子のSさん、Kさんの姉妹しかいらっしゃらない。男性はみな唄だけで三味線を弾かないので、弾ける人が何曲か受け持つ形になる。

「お三味線を弾いて下さる方が増えてうれしいわ。正直いって、これまで私、大変だったのよ。これで少しは楽ができるかしら」

師匠は本当に大変だ。でもいくら名取になったからといって、すいすいと弾けるわけではない。もちろん師匠のようになんか、一生習い続けても弾けないし、第一、勘所がまだまだ甘いのである。

「あのう、まだ無理……だと、思い、ます……」

思わずうつむいてしまう。

「大丈夫よ、ちゃんと弾けてるじゃないの」

「いえ、あの、それは、どれを弾くとわかっていて、それを必死にさらっているからでして……」

春峰会のときだって、音合わせを何回も繰り返してやっとだったのだ。

「お願い、弾いて」

「はい、わかりました」

というわけにはいかない。本当はこんなことではいけないのだが、まだ教えていただいたすべての曲が、体に入るほどさらいこんでいないのだ。

「あのー、譜面を持っていってもいいでしょうか」

小声でたずねてみた。

「いいですよ、それで、じゃんじゃん弾いてね」

「いえ、あの、じゃんじゃんは無理ですけど……。教えていただいた曲はいちおう弾けるようにはしたいと思うんですけど……」

すべて希望的観測ばかりである。会は大切な練習の場だとはわかっていながら、唄を唄う方に迷惑がかかったらどうしようと心配がつのる。今度の忘年会は、一緒に名取になったKさんが仕事の都合で欠席する。悩みを相談する人もおらず、

「うーむ、困ったもんだ」

と悩むばかりである。おまけに今回からお菓子係になったので、みなさんに出すお菓子を調達しなければならない。どうせ出すのならみなさんに喜んでいただけるものがいいのだけれども、ご年輩の方が多いので、それも考えなくてはいけない。もち系は喉《のど》につまらせたら大変だし、固いものも食べにくいだろう。ご年輩の方の好み、甘いもの、辛いものをバランスよく……と考えはじめたら、もともと容量の少ない脳味噌《のうみそ》の中がいっぱいになってきた。まんじゅう、せんべい、三味線、唄、当日着る着物などがぐるぐる回り、もう爆発寸前であった。

「落ち着け、落ち着け」

とにかくひとつひとつクリアしていかなければと、まずお菓子の値段を調べて、買うものを決定した。ばら売りをしていないものは、一袋、一箱の個数も調べなくてはならないので、無駄が出ないようにするのも大変だ。どうにかお菓子問題をクリアすると、次は自分の問題である。自分が唄うものは「竹は八幡《やはた》」と決まっているのだが、三味線のほうは決まっていない。春峰会のように第一部、第二部ときちんとしたプログラムが組まれているわけではない。しかし曲が決まっていないということは、どれも弾く可能性があるということで、これはちょっと恐ろしい。

「ま、いいか。譜面を見ていいって、師匠もおっしゃったし」

お菓子と譜面、唄本《うたほん》を持って、私は現場である人形町の料理屋さんに向かった。

忘年会は上座から座っている順番に唄い、弾き、自分のやりたいものをやるといった雰囲気であった。気楽といえば気楽な会なのだが、私の場合、完璧《かんぺき》に弾けますといえるのはほんの少しだから、もうどきどきである。一回目は「竹は八幡」を唄ったからそれで済んだが、師匠から、

「はい、二回目」

と声がかかったとたんに、

（どうしよう）

と思いながら譜面をじっと見る。譜面に目を落とすのは訳があった。

「ええと、どなたかこのお三味線を弾ける方はいらしたかしら」

と師匠がこちらを見たときに、目が合わないようにするためでもあった。教えていただいた曲名が出るとどきっとする。

（私はだめ。私はだめよーっ）

腹の中で絶叫しながら譜面を見ていると、

「じゃ、あたしが弾こうかしらね」

と師匠が三味線を手に立ち上がったので、ほっとした。二回目は春峰会に弾いた「水の出花」で何とか終わった。唄ってくれたのは私の後に入った若い女優さんである。彼女は

まだ入って間もないので、

「どうしよう、もう唄う曲がなくなってしまいました」

と心配モードに入っている。

「大丈夫、大丈夫」

自分も全然、大丈夫じゃないのに、いちおうはそういって慰めた。

「はい、三回目」

総勢十五人ほどなので、もう、ぐるんぐるん、回ってきちゃうのである。

「あの、師匠」

うちの会の会長であるUさんが口を開いた。

「Yさんがいらしてないので、ちょっと心配なので電話をしようと思うんですが」

Yさんは九十歳近い科学者の方で、毎月一回は海外の学会に出席なさっている。ものすごく元気な方なのであるが、出席の予定なのに、まだお見えになっていなかった。直前までニューヨークに滞在していると聞いていたので、もしかして疲れてお休みになっているのではと、みな口々にいっていると、Uさんが部屋を出ようとするのと同時に、

「どうも遅くなってすみません」

とYさんが姿を現した。

「ああ、よかった、よかった。どうなさったかと思ってたのよ」

師匠がほっとした顔をした。

「ニューヨークに行かれてたんでしょ」

「うん、ニューヨークから直行でここに来たの。思っていたよりも遅れちゃって」

みんなびっくり仰天した。

「時差は大丈夫ですか」

「平気。慣れてるから」

一同、あまりの元気さにあっけにとられて、しばしぼんやりしていたが、とにかくよかったという雰囲気になって、三回目がはじまった。向かいに座っている女優さんは、あたりを見渡しながら不安そうな顔になっている。それを姉弟子のSさん、Kさん姉妹が両側に座り、

「大丈夫、大丈夫」

と肩を撫《な》でてあげている。それを見ているうちに、私の番になった。

「はい、何を弾くの」

師匠にいわれて、思わず、

「あの、えーと、『ぬれて見たさ』を……」

といってしまった。春峰会でKさんが弾いたのだけれども、季節には合わないがこの曲が好きなのだ。

「それじゃ、どなたか唄ってあげて」

姉弟子のKさんが唄って下さることになった。

「ああいっちゃったんですけど、ほとんどさらってないんです。間違えたらすみません」

Kさんにのっけからあやまると、

「私も最近、唄ってないから、失敗しちゃうかもしれないの。そうしたらごめんね」

と気遣って下さる。

(「ぬれて見たさ」なんて、さらってもいないのに、えらいことをいってしまった)

見るとなぜか興奮する緋毛氈《ひもうせん》の上に座ると、師匠はKさんに、

「ゆっくり唄ってあげてね」

とこれまた気遣って下さる。

(ど、どうしよう)

そう思ったとたんに、かーっと頭に血が上ってしまい、目の前に譜面があるのに何が何やらわからなくなり、そのうち、隣で唄っているKさんの声まで聞こえなくなってきた。記憶があるのは、ものすごく手元が忙しくなってきたのと、何だか遠くで聞こえたような気がする、師匠の、

「早い、早いわあ」

という声である。途中で止まるわけにはいかないので、そのまま最後までがーっと弾い

てしまった。

(終わった……)

ほっとして我に返ると、まだKさんは唄い終わっていなかった。

(あれっ?)

弾きやすいようにと、ゆっくり唄ってくださったのに、あがりまくって勢いですっとばしてしまい、ひとりで暴走して勝手に終わってしまったのであった。

「も、申し訳ありません」

私はみなさんにあやまった。

「うーん、さすがつばくろの唄だから、早かったねえ」

兄弟子に笑われてしまった。ものすごい玉砕だった。Kさんに平身低頭してあやまると、

「ごめんね。私も途中でわけがわからなくなっちゃって。間違えちゃった」

と気遣って下さるではないか。三味線があんなにひどいのだから、わけがわからなくなってしまうのは当然だ。

「早いのも早かったけど、ずいぶん間が違ってたわね」

師匠に指摘されてぎょっとした。譜面だけが唯一のよりどころだったのに、それすらあやしい。私は手元の譜面を眺めながら、

(おい、どうすんだよ)

と情けない自分につぶやいたのだった。

舞台用三味線

三味線を習いはじめてすぐに、お稽古《けいこ》三味線を買って、毎日それを弾いていた。師匠が、

「どんどん弾いて、手入れもして、三味線もかわいがってやると、どんどん音がよくなってきますからね」

とおっしゃっていたが、毎日弾いて、弾く前と後につや布巾《ぶきん》で拭《ふ》くくらいのことしかしなかったが、それでも音の響きが、買った当初に比べて、格段に違ってきて、それなりにいい音になってきた。買ったときはなにかよそよそしく、なじめない感じがしたが、このごろやっと、音も感触もなじんできたような気がする。しかしこれはあくまでもお稽古用なので、舞台となるとちゃんとした三味線が必要になる。それも考えなくてはいけなくなったなあと思っていると、師匠から、舞台用の三味線のお話があった。

「お稽古三味線で舞台に出るわけにはいきませんからねえ」

「やっぱりいくら音がよくなっても、だめなんでしょうか」

「だめだめ。問題外。それで舞台には出られません」

問題は価格である。プロの方は大切な仕事の道具だから、何百万円といった物を使っているというお話だったが、私はプロになるわけじゃないので、そこまでしないもので十分だが、かといって安ければいいとは思っていない。のちに音に満足できなくて買い替えるのであれば、ある程度、いいものを持ってずっと弾いていたい。

(でもまだ腕がそこまでいってないのに、この程度の自分の技術で、音に満足できるだの、できないだのっていえるのか)

うーむと悩んだ。楽器というのはピアノでもギターでも、値段の幅が広い。バイオリンなどは、家を処分して楽器を買ったバイオリニストがいたくらいだから、好みはあるにせよ、ほぼ値段と音色は正比例するのだろう。でもどのくらいの三味線が、私に合うのか全くわからない。そう先生に話すと、

「三味線の場合はねえ、同じ値段でもそのときの何かの具合なんでしょうねえ、音がぜんぜん違うんですよ。もちろん少しの金額ですけど、安いほうが音がよかったりすることもあるの。これぱっかりはわからないのよね」

「それじゃあ、高いからって必ずしもいいわけじゃないんですね」

「そうなのよ」

ますますわからなくなってきた。一棹《さお》は必要なのでいずれは買わなくてはならない。

「あのう、私の技術的な問題もありますし、お師匠さんにおまかせしてもいいでしょうか。どういう基準で選んでいいかわからないし」

とお願いしてしまった。

「音はね、三味線が出来上がったときはまっさらなものでね、さっきいったように、正直いって音色に多少の違いはあります。でも音は買った人が弾いて弾いて、自分で作るものなんですよ。いくら最初の音がよくても、ほったらかしにしていたら、どんどん音は悪くなっていきますからね」

「はあ、そうですねえ」

師匠には、プロになるわけではないので、そんな法外に高い物は必要がないこと。でもそれなりにいい音がしないと、弾いていてもつまらないので、と、図々《ずうずう》しいお願いをした。

「はい、わかりました。それはそうよね。いろいろと考えておきましょう」

悩んだのは事実だが、お稽古三味線ではない、舞台用の三味線が弾けるというのは、胸がわくわくした。

翌週、お稽古に行くと、師匠が、

「長い間使っていなかった三味線があるというのだけれど、それはどうかしら。棹だけが長唄《ながうた》用で少し細いんですけどね、物はとってもいいのよ」

とおっしゃる。

「三味線は格好のものでしょう。あなたは小柄だから、小唄の中棹だと持ったときに、少し太いような気がするの」

先生は何棹かの三味線を出してきて、

「ちょっと構えてみて」

と私に三味線を抱えさせた。うちのお稽古三味線も、師匠のところでお稽古のときにお借りしているのも、小唄用の中棹だ。

(うーん、なるほど。これが長唄用の細棹か)

長唄用の三味線を構えたとたん、師匠は、

「あ、やっぱりそのくらいが、あなたにはいいわ。ちょっと鏡を見てごらんなさい」

比較したことがなかったからわからなかったが、確かに小唄用の中棹よりも、長唄用の細棹のほうがすっきり見えるし、手の小さい私には勘所《かんどころ》を押さえるにも、指をあまりばたばた動かさなくていいので、具合がいい。

「すごく弾きやすいような気がします」

「そうね、見た感じもとってもいいわ」

私は津軽三味線もとても好きだが、あれは太棹である。もしも私が太棹を構えたら、三味線を弾くというよりも、三味線にひっかかっているとしか見えないのではないだろうか。

「最近は、どういうわけだかどんどん棹が太めになっていくような気がするのよ」

「今の人が体格がよくなっているからでしょうか」

「若い人がたくさん入門して、弾いているわけでもないのにねえ」

音とか値段だけでなく、見た感じも大切なのだとわかって、私は師匠にその細棹の三味線を譲っていただけるようにお願いした。

「わかりました。ちゃんと三味線屋さんに頼んで、きちんとしますからね。心配しないでね」

新品ではないけれども、これで舞台用の三味線が手に入る。

「いったいどんな三味線が来るのかしら」

と楽しみでならなかった。

そしてとうとう、黒革の鞄《かばん》に入った三味線がやってきた。

「今、つなぎますからね」

先生が次々に三味線をつないでいく。これが苦手だ。お稽古三味線はつないだまんまでよかったけれども、舞台用となったら持ち運びにどうしたらいいのか、のっけからまた悩んでしまう。

「ほら、これをごらんなさい」

先生は棹の継手《つぎて》を私のほうに向けた。その継手を溝にはめて、棹をつなぐのである。

「中に金が張ってあるでしょう。これはいい三味線の証拠なんですよ」

音の響きが違うんだそうである。

「これにはさわりねじもついてますからね」

さわりというのは、一の糸を弾いたときに、その振動で他の糸の倍音《ばいおん》が鳴るといったらいいのだろうか。とにかく「びおーん」という微妙な響きが生まれるのである。私のお稽古三味線は、ギターにたとえるといちばん上のフレットが、二の糸と三の糸の巾《はば》しかない。一の糸だけがフレットからはずれていて、その効果を出している。新しい三味線は三本の糸がフレットに乗っているが、棹の一の糸の裏側の位置にはめてあるさわりねじを調節することによって、さわりの具合が違ってくる。お稽古三味線よりもより効果のあるさわりがつけられるのである。

先生がさわりを調節すると、「びおおおおーん」と音が鳴り響く。

「おー」

何が「おー」かよくわからないのだが、思わず声が出てしまった。

「ちょっと弾いてみて」

構えてみると、棹はお稽古三味線よりも細いのに、ずっしりと重い。中身がぐっと詰まった感じがするし、持った感触も違う。棹を見ると木目が本当にきれいに流れていて、いい品物だということがわかる。弾いてみると、これまでお稽古三味線しか弾いていないので、どうも勝手が違って、手が慣れない。

「あのう、このようないい三味線には、勘所の印なんて、えーと、付けたらいけないんですよね」

そーっと上目づかいになって聞いてみた。

「そうねえ、お師匠さんでも付けていらっしゃる方はおられますけどね。でもべたべた印を付けたらだめよ。付けるんだったら、4と9のところくらいかしら。譜尺の勘所の印みたいに、べたっと付けたらだめよ。慣れたら印は取ってしまうことね。だから取れないような印をしたらいけません」

「はい、わかりました」

それは当然であろう。

「どんどん弾いて、自分の音を作ってね。お稽古《けいこ》三味線はともかく、この三味線は絶対に他の人に触らせたらいけませんよ。それだけで音が違ってきますからね。いい三味線だからかわいがってあげてね」

「はい、一生大切にします」

手入れをしてくれた三味線屋さんの査定に従った代金をお支払いしたが、いい三味線が手に入ったと、私は満足して師匠に頭を下げた。自分で変なことをして三味線を傷つけたらいけないので、また師匠に分解していただいた。そうすると小さな箱に収まって、運ぶのが便利だが、これがちゃんとできるかどうか自信がない。

黒革鞄を手に、道中、ぶつけないように慎重に、それでもいそいそと家に帰った。弾いてみたが、やっぱりまだ、よそよそしい音がする。これまで毎日がんばってくれたお稽古三味線はしばらくお休みになる。せっかくいい音が出るようになったのに、なんだか淋《さび》しい気もするが、こちらの三味線のほうの音がちゃんと出るようにしないといけない。お稽古用と比べてみると棹《さお》の周囲が一センチも違っていた。棹の感触も違うので、どうもうまく弾くことができない。棹が細い分、糸と糸との間隔が微妙に狭くなるので、それまでの感覚と違って、つい別の糸を弾いてしまったりする。

（大丈夫か！）

ふと不安がよぎった。

「笠森おせん」

いい三味線は音の響きがよく、弾いていても気分がいい。しかし困ったことに、音がよく出るとなると、間違えた音もはっきりわかる。習ってすぐのころは、お稽古三味線でも、糸を押さえそして離すと雑音が出た。それが何とか出なくなったと思ったのに、いい三味線で弾いてみると、出さなくなったと思った雑音が出ている。下手に弾くと下手さが倍増するのである。

「下手に弾いたときは、その音が出ないような三味線はないものか」

とうらめしくなる。音の響き自体はいいけれども、まだしっくりこないし、棹と指が触れた感じも、どこかよそよそしい。

「とにかく、弾きこんであなたの音を出すようにしなくちゃいけませんよ」

師匠にいわれた言葉が身にしみる。この三味線は久しく弾いてもらっていないために、休眠状態だ。何とかして私のつたない腕で、目を醒《さ》ましていただかなくてはならない。

「お願いしますよ」

そうつぶやきながら弾いているものの、音はまだまだ他人行儀といった感じである。性能は悪いかもしれないが毎日、手にしていたお稽古三味線のほうが、ずっとなじんだ音が出る。いつになったらなじんだ音が出るように、また出せるようになるのか、見当もつかない。会に出るときはこの三味線を弾くので、腕が未熟なのはともかく、いちおうちゃんとした音を出さなくてはならない。

「間違いというのは誰にもありますから、それは仕方がないことですけれど。お名取さんとなるとみなさんそれなりの目で見ますからね。あまりにみっともないことはできません」

以前は、師匠にいわれても、

「はあ、そうですねえ」

とうなずいていただけだったが、いざいい三味線を手にすると、緊張してくる。私の弟はギターを弾くのと集めるのとが趣味で、一時期は六十本以上も持っていたが、三味線はそういうわけにはいかないから、私のお稽古人生は、この三味線と二人連れということになるだろう。何とか早く、なじんだ音が出ないものかとあせったが、もしかしたら私が音を出せないのではないかと思った。この三味線のグレードと、私の腕とを考えると、明らかにこの三味線のほうが上である。いい木目の紅木《こうき》が使われていて、今ではなかなか調達できない材質である。片やこちらは、まだお稽古をはじめて二年足らずだ。

「この三味線、なじんだいい音が出ないわねえ」

などとは恐れ多くていえない。三味線のほうが、

「あんたの腕じゃ、まだまだ無理だよ」

といっているに違いない。

それから心を入れ替え、

「どうも、すみません。弾かせていただきます」

と三味線にぺこぺこしながら弾いた。雑音が出ると、

「私のせいでございます」

と三味線に謝った。調子を合わせたと思っても、糸が締まって音が上がっていったり、逆にゆるんで下がったりする。それはお稽古三味線と同じだ。が、さすがに違うのは、調子を高くすると、お稽古三味線のほうは、人間でいえば無理をして声を出したような、

「ひいいーっ」

と喉《のど》を締め付けた感じになるのに、この三味線は、まるでソプラノ歌手みたいに、スムーズに高音がきちんと出る。三味線のキーは〇本という本数で表現する。男性の声は、一本くらいなのだが、女性で高い声だと六本、七本という人もいる。それに合わせるとなると、糸をぴんぴんに張らなければならない。もちろんゆるく張られた糸より、ぴんと張ら

れた糸を弾くほうが難しく、弾き手にも技術が要求されるのである。

まだ新しい三味線も手になじまず、あたふたしているところへ、まだ一年以上も間がある、二〇〇三年の四月の舞台の話が持ち上がった。二年前に師範になった若先生の見台披露目《けんだいひろめ》の会だという。

「あなたと一緒に名取になったKさんの名披露目《なびろめ》も、合わせてしますからね」

「えっ」

絶句するしかない。師範の資格をいただいても、見台披露目をして会の皆様方にご挨拶《あいさつ》をしないと、お弟子さんを取れないしきたりがあるのだそうである。師範は試験がちゃんとあるし、それに合格するのは大変なので、それはおめでたいことだが、私は師匠の温情で名取にしていただいたようなものだから、そこまでは全く考えていなかった。

「あのう、私はいいんですけど……」

「いいってことはないでしょう。やりましょう」

師匠はすでに決めているようだった。

「捨て番は唄《うた》にして、お三味線を本番で弾いてね。春だから曲は『笠森《かさもり》おせん』がいいと思うんだけど」

「はあ……」

「本当なら、舞台に出るとなると、最低でも一年半から二年前に準備するものなんですよ。

今回はたまたま会場が空いていたもので、時間がないんです」

まだずっと先の話なのにと思っていたのだが、邦楽の世界では一年前では時間が足りないということになるらしい。

「これからまず唄を覚えて、それからお三味線ですからね。ちょっと聞いてみて。調子は三下がりです」

先生は三味線を手にして、唄い弾きをはじめた。のっけから元気のいい前弾きがあり、それがなかなか終わらない。唄に入る前だけで小唄一曲分ある。唄がはじまったはいいが、とても長い。お座敷でちょっと唄うというものではなく、舞台向きに家元が作曲されたようだ。

ただただ呆然《ぼうぜん》と聞いていた。

「こういう曲なんですけどね」

師匠はこちらを見た。

「無理です」

私は小さい声でつぶやいた。

「あっはっは。たしかに少し難しいけれどねえ。時間もないけど、これから一生懸命にやれば、弾けるようになると思うの」

弾けるようになるといっても、舞台で弾かなくてはならないのである。

「はあ……」

ものすごく迷った。とても弾けそうにないし、第一、あの長さの曲を覚えられる自信がない。

「これは本手《ほんて》ね。この曲には替手《かえで》といって、もう一本、本調子のお三味線が入ります。それは今度、見台披露目をする彼が弾いてくれます」

「ということは、合奏するわけですね」

「そうです。万が一、あなたが途中でどうにかなっちゃったら、彼は本手も弾けますから、ぱっと調子を変えて、あなたの代わりに伴奏するっていうこともできるんですよ」

それは心強い。独りで舞台におっぱなされるのは心配だが、二人で合奏となると少し気分が楽になる。ふだんぬるい生活をしている私であるが、たまには気合いをいれて真剣に覚えることもあっていいのではないかと考え直した。

「やらせていただきます」

「そうよ、やりましょう。大変だけどがんばりましょうね」

早速、「笠森おせん」の唄の練習からはじまった。習っても習っても終わらず、覚えるのにひと月半かかった。次は三味線である。前弾きには細かくスクイとハジキが襲来してくるといった感じで、棹《さお》の上で指がもつれそうだ。苦手な三下がりなうえに、音があちらこちらに飛ぶので、勘所《かんどころ》をとるのがとても難しくて、変な音ばかり出す。

（ど、どうしよう。前弾きでこんな具合なのに、ちゃんとできるのだろうか）

久しくかくことがなかった、いやーな感じの汗が、じんわりとにじんでくる。

「うーん」

仏頂面《ぶっちょうづら》で考えていると、師匠は楽しそうに、

「あっはっは」

と笑う。

「こういうときじゃないと、いじめられないからねえ。ふっふっふ」

「いやあ、本当にどうしましょう。これはちょっとまずいんじゃないでしょうか」

「大丈夫、大丈夫。絶対に弾けないものなんてやらせないから」

師匠は腕よりも上の曲を弾かせて、少しでも上達させようと思って下さっているのだ。それに報えなかったらどうしよう。前弾きのしょっぱなだけでこんなにしんどいのだから、これからどんなふうになるのだろう。それでもやりますと返事をした以上、何が何でもやらなくてはならない。

ひと月で前弾きの部分を何とか覚えたが、すでにその時点でもうぐったりだ。十分に小唄一曲分あった。

「唄に入ると、あとは淡々と進んでいくだけだから、とにかく覚えるしかないの。ただところどころ聞かせ所があるから、そこをちゃんと弾かないとね」

すでに前弾きの段階で力尽きているので、ただうなずくことしかできない。家に帰るとテープを聴いて、必死に楽譜に起こした。ところが書いても書いても終わらない。まるでピアノソナタみたいな分量である。家でさらっていて、ちょっと変だなと思って譜面を確認すると、途中の何小節かがすぽっと抜けていたりする。

「だめじゃないかあ！」

頭の中から抜け落ちた部分を、ぐりぐりと鉛筆で囲みながら、途方にくれるしかなかった。

くそ度胸

　とにかく舞台で弾く「笠森おせん」を、最優先で何とかしなくてはならない。他にみなさんで弾く曲もいくつかあるが、それはあぶなくなったら、弾く真似だけしていればいいやなどと甘いことを考えつつ、とにかく「笠森おせん」なのである。音が飛ぶときに勘所があぶなくなるところとか、修正しなくてはならない部分が山のようにある。勘所が少し違っても、

「ま、いいか」

ではなく、ぴしっとしなくてはならない。しかしいくらやっても、それがぴしっとしない。私の耳で聞いても、明らかに変な音が出る。たまにまともな音が出るのはまぐれであって、私の技術が向上したからではない。毎度の悩みだが、それをまぐれでなくなるようにするには、いくらおさらいすればいいのかと、気が遠くなってくる。ふだんのお稽古《けいこ》ならともかく、今回は舞台のときまでにちゃんと仕上げておく、重大な使命がある。勘所に

ちゃんと指がいったと思っても、師匠が聞いて、

「うーん、七ミリずれている」

といった状態だったらどうしよう。

「あーあ。こんな調子でちゃんとできるのかしら」

呆然とするばかりである。

NHKの三味線講座では、調子を合わせるのに、三本の糸すべてを調子笛で合わせていたが、うちの師匠は各人の声の本数に合わせて一の糸だけを調子笛で合わせ、二の糸、三の糸は耳で聞いて合わせている。それにならって私もそうしているのだが、

「調子は万全!」

と思っても、

「あと、もうちょっと。糸巻きを毛ほど上げて」

といわれてしまう。私には師匠のように、そこまでの音を聞き分ける耳がない。微妙な音が出るいい三味線を手にしたはいいが、聞き分けられる耳がなかったら、宝の持ち腐れである。チェリストの藤原真理《ふじわらまり》さんのお宅に遊びに行ったとき、今まで見たことがない素晴らしいオーディオセットがあったので、びっくりしていたら、

「こうしないと、耳が疲れるの」

といっていた。私みたいにちっこいコンポーネントステレオでも、満足しているような

耳とは違う微妙な音を、彼女たちは聞き分けている。これがプロフェッショナルとアマチュアの違いなのだ。

生まれつきの耳の具合はしょうがないけれども、できるだけ音が聞き取れるような努力はしたい。そんなとき、一緒にお稽古をはじめたKさんと、ばったり控えの間で顔を合わせると、彼女はにこにこしながら、

「いいものを見つけました！」

とうれしそうに近寄ってきた。

「ふむふむ、何だね」

彼女の手には小さな四角いものが握られている。

「これ、MDなんですけどね。いいですよ」

私はいつも午前十一時からのいちばん最初の時間にお稽古に行くので、午前中にいらっしゃる兄弟子、姉弟子とは顔を合わせるけれども、午後からのお弟子さんとは、ほとんど顔を合わせない。Kさん情報によると、後から入門した若い人々はみなMDを使ってお稽古を録音しているという。私たちが入ったとき、カセットレコーダーを導入して、兄弟子、姉弟子に目を見張らせたが、世の中はそんなもんじゃなかった。私は一時代前の感覚で止まっていたのだ。

「これまでお稽古のときに使っていたのは、取材や会議用の普通のレコーダーだったんで

す。どうも音が聞き取りにくいので、MDを買ったんですけど、これはすごいです。もう音がぜーんぜん違うんです」

彼女は力説する。

「なーるほど」

私は感心して聞いていた。ふだんお稽古に使っているレコーダーは、英会話練習用のリピート機能がついたもので、買ってから十年近くなっていて、途中、床に落としたりしたので、ちょっとどきどきしながら使っていた。安売り店で買った120分のカセットテープを、何度も繰り返して使っているうちに、テープが途中で止まったり、伸びたりしたこともあり、いつも、

「大丈夫か」

と不安に思っていたのだ。

「なるほど。世の中には文明の利器があるものねえ」

「そうなんです。新しい世界が開けました！」

彼女は電器屋さんでMDの情報を仕入れ、安売り店で購入したという。売り場のどこにあるかまで、詳しく教えてくれた。私は彼女のMDを手にとって、しげしげと眺めた。コンパクトで薄くて軽い。持ち運びに便利だ。それで音がいいとなったら、買わない手はないではないか。

うちの近所にはその安売り店がないので、他の安売り店に行ってみた。売り場の片隅にいくつかのMDが置いてある。再生専用、録音再生機能搭載、再生スピーカーつきなど、何種類かあった。

「ここで間違うと大変だからな」

じーっと眺めていると、私と同年輩のサラリーマンのおじさんがやってきた。彼もMDに興味があるらしい。MDの仕様書きを前にしても埒《らち》があかないので、店員さんに聞いたほうが手っ取り早いと、

「録音ができるものが欲しいんですけど」

といった。店員さんは二点ほど手にとって、説明してくれた。例のおじさんは私のそばにぴったりとくっつき、ちゃっかりと一緒に説明を聞いていた。結局、Kさんが持っているのと同じ物に決め、店員さんお薦めの小さな外付けマイクも購入した。ふと気が付いたらおじさんは姿を消していた。

家に帰ってMDを見ると、本体にスピーカーがない。

「そうか、イヤホーンで聴くんだ」

とやっと理解する。カセットレコーダーでは、スイッチの切り替えを忘れて、電車の中で私の下手くそな小唄《こうた》が流れて、冷や汗をかいたことがあった。スピーカーがないMDにはその心配もない。それからは説明書と首っ引きで機能の確認をしたが、とにかく録音と

再生さえできればいいので、他の多くの機能は私にとっては無駄なものばかりであった。試しにマイクで録音してみたら、当たり前だが見事に成功した。

「よしっ」

翌週のお稽古のときに、勇んで持っていった。

お稽古がはじまっても、ちゃんと録音されているか気が気ではなく、録音の表示がされているかを何度も確認した。カセットの場合は録音ボタンが押されているかどうか、テープが回転しているかどうかでわかるが、MDの場合はすべて金属の薄い箱の中でとり行われているので、録音の表示以外、確認する術《すべ》がない。ちょっと不安だわと思いつつ、三十分のお稽古は終わった。帰りの電車の中で早速再生してみて、私はびっくり仰天した。

「何だ、このリアルな音は……」

イヤホーンで聞いているのに、まるですぐ横で音が出ているような錯覚を受ける。そんなことはないはずなのに、この音が外に漏れて、それを聞いているような感じなのだ。辺りをきょろきょろしてみると、音が漏れている気配はない。イヤホーンをはずしてみても、音はしない。しかし耳の穴にいれると、そこにはクリアな音が広がっているのだ。

「これはすごい」

音はすごいのだが、弾いている私の三味線が上手になって聞こえるわけではない。もやっとしていた音がクリアになって、より勘所《かんどころ》のまずさがわかる。

「ううむ、ここも、あそこも、いまひとつ……。どうすんだよっ！」

「ひいいーっ、ゆるしてえぇーっ」

馬鹿な一人二役を演じて気をまぎらわそうとしたが、冷や汗が出てきた。これが現実なのである。それで舞台というデッドラインが迫っている。

お稽古《けいこ》の内容も舞台でやるものだけを何度もおさらいする。捨て番で唄う「久しぶり」もいまひとつだし、三味線はそこここで勘所をはずす。師匠は、

「よく弾けてますよ。大丈夫」

と慰めて下さるけれども、自分が納得できない。いつまでやっても勘所に指がいかない自分に腹が立ってくる。腹を立ててもしょうがなく、おさらいの回数が少ないからこうなるのだが、わかっていても情けない。スカ撥《ばち》といって糸の弾き損ないがあったり、指が動かずに糸を押さえ損なったりする。とにかく曲の流れを止めてはいけないので、無視して先に進んで、なんとか終わりまでたどりついた。師匠が感心した顔でおっしゃった。

「あなたは、ごまかし方がうまいっ！　それに間違えても、うろたえた顔をしない。それがいいのよ」

「ということは、私の取り柄は要領がよくて、図々《ずうずう》しいということでしょうか」

「それは大切よ。舞台に出ている人がおどおどしたり、『あっ、しまった』っていう顔をすると、見ている人は何かあったんだろうかって思いますからね」

たしかに舞台の人間がおどおどしていたら、どうしようもない。そうか、微妙な音を聞き分ける耳はないし、私のウリは技術よりくそ度胸！

「はっはっはーっ」

やけっぱちになって高笑いしたものの、一抹の寂しさがあったのも事実であった。

下ざらい

四月五日の舞台を前に、プログラムができ上がってきた。一緒に名取になったKさんは、仕事の都合でこの舞台には立たないことになった。同じ立場で悩みを打ち明ける仲間がいないのは、寂しい。小唄は一番から八十七番、そしてその後に、小唄に合わせて踊る、小唄振りが四番ある。私が出るのは、一、十七、八十一、八十二、そしてメインの八十四番である。十七番から八十一番までは、多少、時間が空くけれども、しょっぱなから終演近くまで、ほぼ一日中、会場に詰めていることになった。とにかくそれぞれの曲をちゃんとやらなければならない。

三月十五日、浅草公会堂の舞台のある集会所で、下ざらいがあった。会長や上のほうのお師匠さんや芸者さんも参加する、たった一回の音合わせというか、リハーサルである。現場の会場での下ざらいは一切ない。当日、舞台に上がってみないと、どういう具合かわからないのだ。

でき上がったプログラムを見ながら、うなるばかりである。三味線を置こうとしても場所が見あたらず、部屋の隅の畳の上に置いておいたら、芸者さんが、

「この台の上のほうに置いたほうがいいわ。今、場所を空けますね。畳の上に置いておくと、誰がよろけて踏んじゃうか、わからないから」

と座布団入れの上に置いてあったご自分の三味線を脇にずらして、置かせて下さった。やはり芸事に従事している人は、本当に三味線を大切にしているのである。

みな緊張した面持ちで座っていると、下ざらいがはじまった。師匠と若先生と、それぞれ曲を弾いていただく方が違うので、番号通りではなく、まず若先生担当の人が、次々に唄っていく。私の後に若い方が続々と入門してきたのだが、みんなとても上手だ。

「偉いなあ」

と感心するばかりである。私たちがお世話になった当初、兄弟子、姉弟子から、

「覚えが早いねえ」

といっていただいたが、当然ながら若い人たちは、私よりももっと覚えが早い。そして熱心でまじめなのも好感が持てる。そしてみな、前に聴いたときよりも格段に上達しているのである。

「偉いなあ、本当に偉い」

「うーむ」

　ただただ感心しているだけならいいのだが、私もやることはやらねばならない。会長や上のほうのお師匠さん方も、おみえになった。別に何をおっしゃるわけでもないし、その反対に私たちをリラックスさせようとして下さっているのだが、やはり内輪の会とは雰囲気が違う。だからといって、突然、上手に唄《うた》えるわけでもなし、師匠に、

「はい、どうぞ」

　といわれて舞台に座ったら、やるしかないのだ。いちおう、師匠に注意されたところには留意したものの、途中、声がかすれて出なくなった部分があった。

（あれ？）

　とちょっとあせったけれども、

（ま、仕方ないや）

　とあきらめて、何とか唄い終わった。

「はい、ちゃんと入ってますね。大丈夫ね」

　そう師匠にはいっていただいたが、覚えたのとうまく唄えるのは全くの別問題なので、

「はあ、まあ、覚えたことは覚えたんですけど……」

　ともごもごといいながら自分の席に下がった。唄の文句を見ながら、もうちょっと何とかできればよかったなと反省しつつ、

「ま、でも、ああいうふうに唄っちゃったもんは、しょうがないわな。やる前には戻れな

いから」

とお気楽に考えて、次に控えている三味線のことを考えることにした。

一番の「春日野《かすがの》」は名取に許されている曲なのだが、四人で三味線を弾いているとき、妙な音が出ているのに気がついた。弾く前に自分で合わせた調子を直していただいたのに、持ったとたんに調子が狂いはじめたのである。もちろんまだ、弾きながら調子なんて合わせられない。

(わっ、気持ち悪い音が出てる)

正しい音が出るように、勘所《かんどころ》を少しずらして押さえたりはしたが、開放弦を弾くと音がはずれているのがわかるので、弾くふりをしてごまかすので精一杯だった。いくら事前に調子を合わせても、三味線は音が狂ってくる。それを演奏しながら直す技術は私は持っていない。一度やってみたことがあったが、もっとひどい状況に陥り、私としては、現在の技術的な観点から、演奏中は何もしないほうがいいという結論に達したのである。

何とか弾き終わると、師匠に、

「糸を全部ゆるめておいてね。そうしないとどんどん調子が狂うから」

といわれた。唄う人や曲に合わせて、調子や本数も変わるのだが、糸を張ったままではなく、一度、リセットしないと狂いが出るくらい、三味線はデリケートな楽器なのだ。

何時間か三味線を置いた後、八十一番「つくだ」「梅は咲いたか」、八十二番「どうぞ叶えて」「からかさ」のおさらいが行われた。ビデオの幸田文原作「流れる」をうちで観ていたら、置屋のおかあさん役の山田五十鈴《いすず》が、仕込みっ子に「どうぞ叶えて」を教えているシーンがあって、何だかうれしかった。でもだからといって私が上手に弾けることとは全く関係ないのだが。八十一番は男性が唄い、八十二番は女性が唄う。男性で三味線を習っている方はおらず、女性のほうは唄方と糸方に分かれて演じる。男性の伴奏をしているとき、また私の三味線から妙な音がしている。そっと見たら明らかに勘所を間違えて押さえていた。本来、押さえるべき勘所よりも高い音の勘所を押さえていたのである。一番と八十一番は本調子、八十二番は二上がり、八十四番は三下がりという、三味線の違う調子が勢揃いで、まだ私はあたふたしているのだ。メインの「笠森おせん」は若先生が替手《かえで》を弾いてくださるけれども、立三味線《たてじゃみせん》というメインの三味線は私のほうなので、しゃんとしなくてはならない。しかし他の演目は、みなさんと一緒なので、

「まずくなったら、弾く真似をしていればいいや」

と気がゆるみ、体の中に入っていなかったのだろう。

「間違えちゃった」

隣で弾いていたひとまわり以上年下のFさんに耳打ちしたら、

「私もです」

という。しかし彼女は昨年の秋に入門したばかりなのである。短期間に三味線をマスタ

ーして、捨て番でも三味線を弾くし、本当に立派だと思う。やってみた者でなければわからない苦労がある。人のことを偉い、立派だと感心する前に、自分でも何とかすりゃあいいと思うのだが、それができないから、また大変なのだ。

女性の声に合わせて調子も本数も変え、八十二番のおさらいである。が、このときもまた途中から、三の糸の調子が狂いはじめた。音が違うのはわかるが、自分では直せない。

（ひゃーっ）

冷や汗を流しながら、さっきと同じように勘所を微調整して押さえ、開放弦は弾くふりをしてごまかした。

「おかしいなあ、どうしてこんなに狂うんだろう」

下ざらいの前に三味線屋さんに糸巻きも棹《さお》も全部調べてもらって、万全の態勢のはずなのだ。そしていったん糸をゆるめて、「笠森おせん」を弾く前に、調子を合わせていただいた。

唄を唄っていただく、春日とよ徳花先生は会の理事で、名取式のときにもお世話になった方である。緊張してご挨拶《あいさつ》を済ませ、舞台の上の緋毛氈《ひもうせん》の上に座ると、心臓がどきどきしてきた。舞台と同じように師匠が私の後見《こうけん》につく。もしも途中で三味線の糸が切れたりしたとき、予備の三味線を準備して、何があってもいいように待機して下さっている。のっけから出損なって、あわてて若先生の三味線を追っかけた。家でさらっているより

も、唄がゆったりと進んでいくので、一瞬、

（あれ、次は何だったっけ）

と思いはじめたらわけがわからなくなりそうだったので、とにかく一、二、一、二と間を数えて弾いた。するとまた三の糸が狂いはじめた。横を見ることができないが、師匠が立ち上がって糸巻きを巻き上げているのがわかった。長い曲なので、それが間に、二度、三度とあり、弾きながら、

（いったい、どうしてだろう）

と気になって仕方がなかった。

何とか最後まで弾き終わった。徳花先生が、

「はい、弾けましたね」

と声をかけて下さったが、ぼーっとして何が何だかわからなかった。舞台を降りると師匠から、

「糸はよーく伸ばしておかないと、ああいうふうに狂ってくるから」

といわれた。そういえば私は糸を張り替えた後、ろくに伸ばさなかった。師匠や若先生を見ていると、三味線を畳の上に置き、まるで弓で矢をひくときみたいに糸を持って、びんびんと音をたてて伸ばしている。私はああいうふうにしたことがなかった。糸の伸ばし方が足りなかったから、弾いているうちに糸の張りがゆるんできてしまったのだ。これは

私のミスである。

「三味線を弾く方は、最低、一時間前に来て、糸を伸ばさないといけないのよ」

以前、師匠からそう聞いたことがあったが、そのときは、

「はあ、そうですか」

とただ返事をしていただけだったが、こういうふうに舞台で弾くとなると、それは当然、三味線を弾く人間としては、やるべきことだったのだとわかった。いつまでたっても、やっていることに満足も納得もできない。舞台を前にして、まだそんな調子の情けない私なのであった。

当日

舞台の前の最後のお稽古《けいこ》日になった。いくらやっても、

「よしっ、これでOK牧場！」

とガッツ石松みたいな駄洒落《だじゃれ》は出てこない。というよりも、何度か弾いたうちで一回目はここ何か月かで最悪の演奏だった。途中、スカ撥《ばち》をしてしまったら、一瞬、頭の中が真っ白になった部分があり、運悪く私だけが三味線を弾くところだったので、全く伴奏の音がしなくなってしまったのである。

「もう一度やりましょう」

師匠がそういって下さって、二回目は何とか弾けたものの、舞台では、

「すみません、もう一度」

というわけにはいかない。

（大丈夫か？　本当に）

自分で自分が信じられなくなってきた。

舞台の三日ほど前、編集者と打ち合わせで会ったら、

「ぼくたち、とても緊張しているんです」

という。みんな小唄《こうた》の会を見に行くのがはじめてなので、粗相があってはいけないと、出版社を越えて、あれやこれやと相談しているというのである。

「私が緊張するのならともかく、お客さんが緊張することはないでしょう」

と笑うと、

「でも、群さんがつつがなく舞台を終えられるかどうか、心配で心配で……」

と真顔なのである。

「まあ、何があってもしょうがないよね。やり直すっていうのはできないからね、失敗したらごめんね。あっはっは」

といったら、彼は泣き笑いのような表情になった。本当に心配してくれているらしい。

「すみませんねえ」

私だけではなく、今度の会は、来て下さる方々にも、多大な不安を与えているようであった。思えばこの一年間、ずーっと「笠森おせん」を弾いてきた。自分なりにやれることは全部やったではないか。いちおう人様に聞いていただくのだから、こちらが落ち着いた気持ちにならないと、聞いている人にもそれが伝わって、落ち着かなくなるだろう。

「よしっ、わかった。楽しくやろう、楽しくね。三味線を弾くのは楽しいんだから、楽しんで弾けばいいや」

両腕をぐるぐるとまわして、私は自分の気持ちにけりをつけた。

そっちはけりがついたが、唄っていただく徳花先生や、師匠、若先生への御礼についても粗相があってはいけない。出演者の方々への撒《ま》き物（記念品）、それと私個人のお客様に対しても、撒き物を差し上げなくてはならない。出演者の方々への名取としての私の撒き物は、師匠と若先生が選んでおいて下さったので、当日、現地に届いているはずだ。私個人のお客様へは、男女関係なく使えて、軽いものと思って手拭《てぬぐ》いにした。のし紙をかけてもらって、事前にお渡しできる方にはお渡しし、残りは家に置いてある。

「先生への御礼の祝儀袋の上書きはどうしたらよろしいでしょうか」

「今度の会はおめでたい見台《けんだい》開きだから、『寿』でもいいんですけれど、上に演目を書いて、下にお名前がいいと思いますよ。たくさんいらっしゃるから、お名前だけじゃわからなくなっちゃうけれど、演目は忘れないから、『笠森おせん』って書いてあるのを見れば、『あ、あの方からね』ってわかりますからね」

「わかりました。それと私個人のお客様へも、のし紙に何か書いたほうがよろしいでしょうか」

「それは書いたほうがいいわねえ」

「わかりました。それではそのようにいたします」

家に帰って、墨と硯《すずり》を取り出して、名前を書きはじめた。

「へったくそだなあ」

三味線といい、筆字といい、

「よしっ」

とうなずけるものがひとつもないのが悲しい。

「かーっ」

結局、へたくそな字のために、祝儀袋二枚を無駄にしてしまった。もちろん袋は捨てないで、次回のための下書き用に取っておいた。祝儀袋はバッグに入れ、撒き物の手拭いは、ビニールにくるんで紙袋に入れる。

「ああ、もう、三味線だけじゃなくて、考えなくちゃならないことが山のようにあるわ。ああ、そうだ、着物の準備もしておかなくちゃ」

紋付き用の襦袢《じゅばん》には一度着用した白襟がついていて、目立った汚れはなかったが、いちおう晴舞台なので新しいものに取り替えた。着物、袋帯、小物を準備して出しておく。必要なものを全部紙に書き出して、それをひとつずつチェックして、とにかく忘れ物がないようにしなくてはならないのであった。

とうとう四月五日がやってきた。見事に雨風が強い、最悪の天候である。

「ま、私のできる限りのことはやったんだから、何かあったとしてもしょうがないわさ。楽しくやろう、楽しくね」

横殴りの雨をぼーっと眺めながら、味噌汁《みそしる》をすすり、出かける準備にとりかかった。三味線を三つに分けて革鞄《かばん》に入れ、調子笛、象牙《ぞうげ》の駒、二の糸と三の糸を念のために二本ずつ、三味線の革鞄に入れる。撒き物の手拭いが入った紙袋と、祝儀袋と財布が入ったハンドバッグ、これに傘が加わると大荷物である。着物を着て袋帯を締めてすべて準備は整った。タクシーに来てもらったはいいが、出るときに三味線が入った革鞄を持って出るのを忘れそうになり、エレベーターの前からあわてて戻ったりした。

こんなに雨が降る日に、みなさんに来ていただくのは悪いなあと思いつつ、会場に到着した。各出版社や友人が気を遣ってきれいなお花をたくさん出してくれて、師匠も若先生も華やかになったと、とても喜んで下さった。裏ではすでに、師匠の娘さんが家元の、「浅茅流《あさじ》」の踊りのお弟子さんたちが、出演者に配る撒き物を、ひとつずつ紙袋に詰めていた。総指揮をとっていらしたのは、金原亭馬生《きんげんていばしょう》師匠だった。師匠は浅茅流の名取で、この会で「初出」「夜桜」を踊られるのである。各人の撒き物が山のように積まれている。

（うーむ、とうとうやってきました、当日が……）

わかっているが、舞台に上がる現実を実感させられる。目についたごみをまとめたりしながら、緊張が高まってきた。次々と楽屋に会の人々がやってきた。

「今日はよろしくお願いいたします」

と挨拶《あいさつ》をすると、華やかな着物を着たかわいらしい妹弟子たちは、

「どうしよう、困ったなあ」

と不安そうだ。

「大丈夫、大丈夫」

といいながら、実は自分がいちばん大丈夫じゃないのである。

十一時半からの開演で、風雨が強いというのに、多くの方が来て下さって恐縮した。緊張と恐縮とでわけがわからなくなっていると、師匠から、

「ほら、一番の『春日野』に出る方は準備して」

と声がかかった。あわてて三味線を持って舞台の袖《そで》に入ったはいいが、膝《ひざ》ゴムを忘れてきた。すると若先生がすぐに楽屋に戻って、借りてきて下さった。舞台に上がると思いの外お客様が多く、そのせいではなく単に私の頭の問題なのだが、あれだけ練習したのに、間を間違えてしまった！

（とほほーっ）

ものすごーく情けなかったが、これを引きずるとまずいので、済んだことは忘れることにした。

次は唄である。師匠から声出しをしておくようにといわれて、楽屋で唄ってみたら、声

がかすれて全然出ない。

（まずい……）

いくらやっても声がかすれて高いほうの音が出ないのである。

（どうしよう）

これはもう運を天にまかせるしかないなと思いつつ、舞台に上がり、何とかなりますようにと、心臓をどきどきさせていたが、上手下手はともかく、何とか声は出てくれた。

「よしっ、第一弾は終わったぞ！」

あとの出番はすべて夕方だ。

若先生のご実家が旅館なので、そこからたくさんの煮物、コロッケ、おにぎり、お赤飯が楽屋に届けられた。ほっとしたとたん、お腹がすいてきて、テーブルの前に座って、ぱくぱくとひととおりみんないただいてしまった。お母さんが作ってくれたような味で、とても懐かしくておいしかった。のんびり安心している私に、

（あんた、ちょっと、まだ本番が待ってるんだからね！）

と別の私がささやいた。あーあ、これで終わったら、どんなにいいだろうかと、楽屋で放心していたら、捨て番、本番を終えた妹弟子が次々と、

「あー、よかった」

と晴れ晴れした顔で戻ってくる。あとはみんなで唄うので、気が楽なのである。

「いいなあ、みんな。私も早く楽になりたいよー」

彼女たちは笑いながら、

「がんばって下さい」

といってくれる。

「はあ、そうねえ」

次から次へと舞台は進行し、私のメインの出番はひたひたと近づいてくるのであった。

本番

早くお役ご免になりたいのだが、そうはいかない。まだ唄《うた》を唄っていただく徳花先生、替手《かえで》を弾いてくださる会主の若先生とも、音合わせをしていないのである。徳花先生もご自分のお弟子さんの三味線を弾かれるし、若先生も三味線で舞台にずっと出ずっぱりだ。

「ど、どうするんだ……」

私は三味線を手に、お二人がいない楽屋をうろうろするばかりである。そこへ徳花先生が戻っていらした。

「音合わせ、しましょうね」

先生のほうから声をかけて下さった。

「はい、ありがとうございます。でも、若先生が……」

「ああ、そうねえ。ずっとあちらですものね」

とおっしゃりながら、次のお弟子さんのためにまた舞台のほうに行かれる。

「ああ、どうしよう……」

舞台の前に一度も音合わせができないのは辛《つら》い。本番の前に何もしないほうがいいという人もいる。そこでもし失敗したりすると、本番も失敗しそうな気になってしまうので、できるだけしたくないという。しかし私の場合は、できる限りさらって、

「これでよし」

と納得できないと、絶対にだめだ。たとえ間違えたとしても、

「あれだけやったのだから、しょうがない」

と思えないとだめなのだ。後から、

「あーあ、もっとさらっておけばよかった」

と後悔するほど、情けないことはない。だから、本番の前に一度でいいから音合わせをしたいのに、

「どうしたらいいんだああ」

と叫びたくなった。とにかくお二人とも時間がないのは間違いないのだ。

楽屋には雨にもかかわらず来て下さった方々が、顔を見せてくれた。

「今日は、まるで娘のピアノの発表会の気分です」

と神妙な顔でいう男性もいた。彼は私よりも年下なのである。みなさんまで緊張させてしまい、申し訳ない限りである。

「まあ、どうもすみませんねえ。あははは一っ」

といいながら、頭の隅では、

（音合わせ、どうしよう）

と不安がつのる。

一人寂しく楽屋で三味線をさらっていると、徳花先生がわざわざ来て下さって、

「さ、やりましょう」

と音合わせをして下さった。若先生とは結局、合わせられなかった。そのうえ途中で、進行係の人が、

「『笠森おせん』の方々も、お願いいたします」

と呼びに来られ、腰を落ち着けてできなかった。それでも音合わせができたので、少しほっとした。

「ありがとうございました」

徳花先生に御礼をいって、三味線を持って舞台裏に走った。

私の本番の「笠森おせん」の前に、一同での唄と三味線の披露がある。最初は男性だけで唄う。実は三味線を何人かで弾くので気がゆるんでいて、本番ほど練習をしていないのである。緞帳《どんちょう》が上がる前にスタンバイをしていたら、自分の前にマイクがあるのがわかり、ちょっと体をずらしてはずして座っていたら、

「ここ、少し空いていますので、お詰め願います」

と元に戻された。気持ちを落ち着けようと、深呼吸をしたとたん、ふっと頭の中が真っ白になってしまった。力が抜けたはいいが、記憶もすっかり抜けたらしい。隣に座っているFさんに、

「『つくだ』の次には何を弾くんだっけ」

と小声で聞いたら、

「『梅は咲いたか』です」

と教えてくれた。

「そうそう。そうだったわね。『梅は咲いたか』だった」

緞帳が上がる直前までこうなのだから、自分でもあきれ果てる。「つくだ」は唄も三味線も簡単ではないので、一人だけ妙な音を出さないように気をつけなくてはいけない。

(変な音が出たら、弾く真似だけしとこ)

そうこうしているうちに、さーっと緞帳が上がった。いちばん前の席にもお客様が並んでいるので、ちょっとびっくりする。師匠のかけ声ではじまったが、あまりさらっていないこともあって、やや不安であった。

(ちらっと見ても、わかんないかなー)

と思いながら、左手のほうを見てしまった。弾いているうちに、だんだん落ちついてき

た。が、ほとんどやぶれかぶれで、自分が弾いている三味線の音が合っているのか、合っていないのかもよくわからなかった。女性が唄う曲の「どうぞ叶えて」は、最近教えていただいたものだし、「からかさ」は入門して二曲目に習ったものだ。最初に習ったものは、比較的何度もおさらいしているのと、最近のものも馴染《なじ》みがあるので、比較的気が楽だ。ただし「どうぞ叶えて」は、私が必ずひっかかる部分があって、そこで変な音を出してはいかんと、そこだけに神経を集中した。気になっていた難所はなんとか越えられたが、何でもないところの勘所《かんどころ》がずれた。ごまかすのがうまくなって、不安なところはちょっと音を小さく弾いた。最初っから最後まで、堂々と弾くというわけにはいかず、

（まずいっ）

と思うと、目立たないようにする、こそこそ奏法で弾き終わった。

ちょっと間違えたりしたけれども、なんとか合奏は終わった。

「わあい、これで全部、終わったあー」

ほとんどの人はこれですべてが終わった。裏では両手を上げて、万歳状態の人もいる。

「いいなあ」

横目で見ているうちに、とうとう私の出番がやってきた。糸が切れたときのために、師匠が私の後ろで後見について下さる。若先生は、

「音合わせはできなかったけど、がんばりましょう」

とにっこり笑った。

「あれだけ弾けてるんだから、大丈夫」

師匠が何度も後ろから私の肩を叩《たた》いた。この期に及んで、じたばたしてもしょうがない。

「はい、わかりました」

やっと胆《きも》がすわった。

緞帳が上がって、胸がどきどきしたが、いつもひっかかるのが、何とかうまくいったので、弾きながらほっとした。弾きはじめたら、当たり前だが、何があっても弾き続けなくてはいけないのである。間を間違えないように、ついついリズムをとって顔が動きそうになるのを、必死にこらえた。あせって三味線が走らないようにと気をつけながら、

(聞かせどころで失敗しませんように)

とそれだけを願っていた。ところが、最後の最後、私だけが弾く聞かせどころで、音がすーっと余韻を残して伸びなくてはならないところが、

「ぶちっ」

と短くとぎれてしまった。

(あああーっ、やってしまった……)

もうがっくりである。

勘所をものすごくはずすとか、目立ったミスはなく最後まで弾き終わった。緞帳が下り

ると、徳花先生をはじめ、師匠、若先生が、

「よく弾けました」

　と喜んで下さった。

「ありがとうございました」

ああ、終わったと心の底からほっとした。みなさまのおかげである。楽屋に帰ると芸者さんの更代《さよ》さんがいらした。

「最後のところで、失敗しちゃいました」

「自分ではそう思うけど、聞いている人には意外とわからないものよ。私もずっと聞いていたけど、大丈夫でしたよ」

ほっとしたとたん、どういうわけか、鼻水がどーっと出てきた。ハンカチで鼻を押さえていると、今回は舞台はお休みの、一緒にお稽古《けいこ》をはじめたKさんが、仕事の合い間にやってきて、

「うるうるしているんですか」

という。どうやら私が感激して泣いていると勘違いしたらしい。

「違うわよ、鼻水よ、鼻水！」

そんなかわいらしい性格ではないのである。

「さっき戻ってきた人も、舞台が終わると鼻水が出るっていってたわねえ」

更代さんがうなずいた。松本侑子《ゆうこ》さんご夫妻も雨のなか、わざわざおでかけ下さっていた。編集者の方々にまで緊張を強いてしまったが、これでほっとしてもらったことだろう。しかし、

「『つくだ』のときに、左手のほうを見ていたので、心配になりました」

といわれてしまった。わからないと思っていたのに、みんなにはばれてしまったようであった。

「うーん、これからは気をつけなくてはいけませんね」

舞台は見ている人には、意外とわからないこともあり、わかることもある。一年以上、この日のために、「笠森おせん」を練習してきたのであるが、本当に勉強になった。一生に一度の名披露目は何とか終了した。舞台が終わって一週間くらいは、ぼーっとしてしまって、どこかうわの空だった。しばらく三味線は弾かなくていいやと思ったが、やはり何日かすると弾きたくなる。

「もう、これは一生、続けるしかないな」

と考えながらも、相変わらず、

「ああっ、どうしてここにさっと指が行かないんだあっ」

と自分に腹を立てる毎日は、延々と続いている。いつまでたっても、

「よくできた」

と満足したことがない。

「だから楽しいともいえるんじゃないかしら。とても簡単にできるんだったら、挑戦する楽しみも喜びもないし」そう師匠はおっしゃる。三味線を持ったこともないころから考えると、夢のような状況だ。でも、もうちょっと何とかしたい。

「何とかなりませんかねえ」

とため息をつき、師匠は苦笑いというのが、ここのところの定番である。

また、お稽古にうかがって、小唄《こうた》と三味線を習うというだけでなく、人として大切なさまざまな事柄を学ばせていただいた。いちばん大きかったのは、人の言葉に素直に耳を傾けないと上達しないことだ。礼儀もそうだし、特に中年になってからはじめると、自分は何でもできると思っているふしがある。それが見事に覆される。三味線を前にして、手も足も出ない自分がいた。明らかに、

「自分は何もできない」

と思い知らされた。もちろんショックだったけれど、「自分はできない」とわかったのはとてもよかった。自分の傲慢《ごうまん》だったところを少しはリセットできたと思っている。遅まきながら、日本文化に触れはじめたところであるが、これをきっかけにして、他の分野にもより興味が出てきた。和物の文化は何であってもどこかつながっている。それがまた面白い。これからも三歩進んで二歩下がるを繰り返しながら、のんびり楽しく続けていこう

と考えているのと同時に、若い人にももっと三味線を弾く人が増えることを願うばかりである。

本書は、二〇〇五年二月に小社単行本として
刊行された作品を文庫化したものです。

三味線《しやみせん》ざんまい

群《むれ》 ようこ

角川文庫 15334

平成二十年九月二十五日　初版発行

発行者―井上伸一郎
発行所―株式会社角川書店
東京都千代田区富士見二―十三―三
電話・編集（〇三）三二三八―八五五五
〒一〇二―八〇七八
発売元―株式会社角川グループパブリッシング
東京都千代田区富士見二―十三―三
電話・営業（〇三）三二三八―八五二一
〒一〇二―八一七七
http://www.kadokawa.co.jp
印刷所―旭印刷　製本所―BBC
装幀者―杉浦康平

む 5-19　ISBN978-4-04-171719-6　C0195

角川文庫発刊に際して

角川源義

第二次世界大戦の敗北は、軍事力の敗北であった以上に、私たちの若い文化力の敗退であった。私たちの文化が戦争に対して如何に無力であり、単なるあだ花に過ぎなかったかを、私たちは身を以て体験し痛感した。西洋近代文化の摂取にとって、明治以後八十年の歳月は決して短かすぎたとは言えない。にもかかわらず、近代文化の伝統を確立し、自由な批判と柔軟な良識に富む文化層として自らを形成することに私たちは失敗して来た。そしてこれは、各層への文化の普及滲透を任務とする出版人の責任でもあった。

一九四五年以来、私たちは再び振出しに戻り、第一歩から踏み出すことを余儀なくされた。これは大きな不幸ではあるが、反面、これまでの混沌・未熟・歪曲の中にあった我が国の文化に秩序と確たる基礎を齎らすためには絶好の機会でもある。角川書店は、このような祖国の文化的危機にあたり、微力をも顧みず再建の礎石たるべき抱負と決意とをもって出発したが、ここに創立以来の念願を果すべく角川文庫を発刊する。これまで刊行されたあらゆる全集叢書文庫類の長所と短所とを検討し、古今東西の不朽の典籍を、良心的編集のもとに、廉価に、そして書架にふさわしい美本として、多くのひとびとに提供しようとする。しかし私たちは徒らに百科全書的な知識のジレッタントを作ることを目的とせず、あくまで祖国の文化に秩序と再建への道を示し、この文庫を角川書店の栄ある事業として、今後永久に継続発展せしめ、学芸と教養との殿堂として大成せんことを期したい。多くの読書子の愛情ある忠言と支持とによって、この希望と抱負とを完遂せしめられんことを願う。

一九四九年五月三日